You Can Die Laughing

新編賈氏妙探

之16 欺人太甚

賈德諾 Erle Stanley Gardner 著　周辛南 譯

目錄
Contents

出版序言　關於「妙探奇案系列」 5
譯序　美國有史以來最好的偵探小說 9
第一章　賺大錢的工作上門 15
第二章　韋太太的下落 21
第三章　一流的好偵探鄰居 29
第四章　報告 51
第五章　謀殺事件 55
第六章　死人回家 63
第七章　韋君來的首任妻子 89
第八章　控訴 121

第九章　不予置評　131
第十章　鈾礦探測　155
第十一章　鮑氏夫妻的說法　161
第十二章　荒無人煙大沙漠裡的小盲腸　175
第十三章　模特兒介紹所　187
第十四章　白紙黑字的協定　199
第十五章　兩小時四十五分鐘　223
第十六章　黑暗的井底秘密　233
第十七章　押解犯人　261
第十八章　鈾礦代理人　277

出版序言

關於「妙探奇案系列」

當代美國偵探小說的大師，毫無疑問，應屬以「梅森探案」系列轟動了世界文壇的賈德諾（E. Stanley Gardner）最具代表性。但事實上，「梅森探案」並不是賈氏最引以為傲的作品，因為賈氏本人曾一再強調：「妙探奇案系列」才是他以神來之筆創作的偵探小說巔峰成果。「妙探奇案系列」中的男女主角賴唐諾與柯白莎，委實是妙不可言的人物，極具趣味感、現代感與人性色彩；而每一本故事又都高潮迭起，絲絲入扣，讓人讀來愛不忍釋，堪稱是別開生面的偵探傑作。

任何人只要讀了「妙探奇案」系列其中的一本，無不急於想要找其他各本，以求得窺全貌。這不僅因為作者在每一本中都有出神入化的情節推演，而且也因為書中主角賴唐諾與柯白莎是如此可愛的人物，使人無法不把他們當作知心的、親近的朋友。「梅森探案」共有八十五部，篇幅浩繁，忙碌的現代讀者未必有暇遍覽全集。而「妙探奇案系列」共為廿九部，再加一部偵探創作，恰可構成一個完整而又連貫的「小全集」。每一部故事獨立，佈局迥異；但人物性格卻鮮明生動，層層發展，是最適合現代讀者品味的一個偵探系列。雖然，由於賈氏作品的背景係二次大戰後的美國，與當今年代已略有時間差異；但透過這一系列，讀者仍將猶如置身美國社會，飽覽美國的風土人情。

本社這次推出的「妙探奇案系列」，是依照撰寫的順序，有計劃的將賈氏廿九本作品全部出版，並加入一部偵探創作，目的在展示本系列的完整性與發展性。全系列包括：

①來勢洶洶 ②險中取勝 ③黃金的秘密 ④拉斯維加，錢來了 ⑤一翻兩瞪眼 ⑥變！失踪的女人 ⑦變色的色誘 ⑧黑夜中的貓群 ⑨約會的老地方 ⑩鑽石的殺機 ⑪給她點毒藥吃 ⑫都是勾搭惹的禍 ⑬億萬富翁的歧途 ⑭女人等不及了 ⑮曲線美與痴情郎 ⑯欺人太甚 ⑰見不得人的隱私 ⑱探險家的嬌妻 ⑲富貴險中求 ⑳女人豈是好惹的 ㉑寂寞的單身漢 ㉒躲在暗處的女人 ㉓財色之間 ㉔女秘書的秘密 ㉕老千計，狀元才 ㉖金屋藏嬌的煩惱 ㉗迷人的寡婦 ㉘巨款的誘惑 ㉙逼出來的真相 ㉚最

後一張牌。

本系列作品的譯者周辛南為國內知名的醫師，業餘興趣是閱讀與蒐集各國文壇上高水準的偵探作品，對賈德諾的著作尤其鑽研深入，推崇備至。他的譯文生動活潑，俏皮切景，使人讀來猶如親歷其境，忍俊不禁，一掃既往偵探小說給人的冗長、沉悶之感。因此，名著名譯，交互輝映，給讀者帶來莫大的喜悅！

譯序

美國有史以來最好的偵探小說

周辛南

賈氏「妙探奇案系列」，（Bertha Cool—Donald Lanm Mystery）第一部《來勢洶洶》在美國出版的時候，作者用的筆名是「費爾」（A. A. Fair）。幾個月之後，引起了美國律師界、司法界極大的震動。因為作者大膽的在小說裡寫出了一個方法，顯示美國人在現行的美國法律下，可以在謀殺一個人之後，利用法律上的漏洞，使司法人員對他無計可施，只好讓他逍遙法外。

於是「妙探奇案系列」轟動了美國的出版界、讀書界和法律界，到處有人打聽這個「費爾」究竟是何方神聖？

作者終於曝光了，原來「費爾」就是名作家賈德諾的另一個筆名。史丹利．賈德諾（Erle Stanley Gardner）是美國當代最著名的作家之一。他本身是法學院畢業的律師，早期執業於舊金山，曾立志為在美國的少數民族作法律辯護，包括較早期的中國移民在內。律師生涯平淡無奇，倒是發表了幾篇以法律為背景的偵探短篇頗受歡迎。於是改寫長篇偵探推理小說，創造了一個五、六十年來全國家喻戶曉，全世界一半以上國家有譯本的主角——梅森律師。

由於「梅森探案」的成功，賈德諾索性放棄律師工作，專心寫作，終於成為美國有史以來第一個最出名的偵探推理作家，著作等身，已出版的一百多部小說，估計售出七億多冊，為他自己帶來巨大的財富，也給全世界喜好偵探、推理的讀者帶來無限樂趣。

賈德諾與英國最著名的偵探推理作家阿嘉沙．克莉絲蒂是同時代人物，都活到七十多歲，都是學有專長，一般常識非常豐富的專業偵探推理小說家。

賈德諾因為本身是律師，精通法律。當辯護律師的幾年又使他對法庭技巧嫻熟，所以除了早期的短篇小說外，他的長篇小說分為三個系列：

一、以律師派瑞．梅森為主角的「梅森探案」；

二、以地方檢察官Doug Selby為主角的「DA系列」；

三、以私家偵探柯白莎和賴唐諾為主角的「妙探奇案系列」；

以上三個系列中以地方檢察官為主角的共有九部。以私家偵探為主角的有二十九部，梅森探案有八十五部，其中三部為短篇。

梅森律師對美國人影響很大，有如當年英國的福爾摩斯。「梅森探案」的電視影集，台灣曾上過晚間電視節目，由「輪椅神探」同一主角演派瑞・梅森。

研究賈德諾著作過程中，任何人都會覺得應該先介紹他的「妙探奇案系列」。讀者只要看上其中一本，無不急於找第二本來看，書中的主角是如此的活躍於紙上，印在每個讀者的心裡。每一部都是作者精心的佈局，根本不用科學儀器、秘密武器，但緊張處令人透不過氣來，全靠主角賴唐諾出奇好頭腦的推理能力，層層分析。而且，這個系列不像某些懸疑小說，線索很多，疑犯很多，讀者早已知道最不可能的人才是壞人，以致看到最後一章時，反而沒有興趣去看他長篇的解釋了。

美國書評家說：「賈德諾所創造的妙探奇案系列，是美國有史以來最好的偵探小說。單就一件事就十分難得——柯白莎和賴唐諾真是絕配！」

他們絕不是俊男美女配：

柯白莎：女，六十餘歲，一百六十五磅，依賴唐諾形容她像一捆用來做籬笆，帶刺的鐵絲網。

賴唐諾：不像想像中私家偵探體型，柯白莎說他掉在水裡撈起來，連衣服帶水不到一百三十磅。洛杉磯總局兇殺組宓警官叫他小不點。柯白莎叫法不同，她常說：「這小雜種沒有別的，他可真有頭腦。」

他們絕不是紳士淑女配：

柯白莎一點沒有淑女樣，她不講究衣著，講究舒服。她不在乎別人怎麼說，我行我素，也不在乎體重，不能不吃。她說話的時候離開淑女更遠，奇怪的詞彙層出不窮，會令淑女嚇一跳。她經常的口頭禪是：「她奶奶的。」

賴唐諾是法學院畢業，不務正業做私家偵探。靠精通法律常識，老在法律邊緣薄冰上溜來溜去。溜得合夥人怕怕，警察恨恨。他的優點是從不說謊，對當事人永遠忠心。

他們也不是志同道合的配合，白莎一直對賴唐諾恨得牙癢癢的。

他們很多地方看法是完全相反的，例如對經濟金錢的看法，對女人——尤其美女的看法，對女秘書的看法……

但是他們還是絕配！

賈氏「妙探奇案系列」，為筆者在美多年收集，並窮三年時間全部譯出，全套共三十冊，希望能讓喜歡推理小說的讀者看個過癮。

第一章　賺大錢的工作上門

我推開用金色漆著「柯賴二氏私家偵探社」的大門，大門玻璃的左右下角，漆著兩位合夥人的姓名。柯氏和賴唐諾，柯氏是一百六十五磅的柯白莎，她不願把名字漆在門上，所以只用「柯氏」二字。

「出了問題，有了麻煩，來找我們這一行幫忙的人，不希望見到的是一位女人。」她說過不知多少遍：「他們要的是男人。粗、壯，左右開弓，滿身橫肉的男人。他們見到女人會找理由溜掉，女人麼，本來就應該是塗脂抹粉，文文靜靜，性感的玩意兒。

「其實我和任何男人一樣粗，一樣壯，照樣可以打架，不相信可以試試看。」

她說得一點也沒有錯，她的一百六十五磅，不完全是肥肉。事實上，她像一捆帶刺的鐵絲網一樣硬朗、頑強。但是門上姓名的事，她是對的。有的人慕名而來，看到門上資深合夥人是個女人名字，就自動退去了。

我走進接待室的時候，每個人都在向我提出警告。接待兼總機的小姐，向我揮手指著白莎的房間；聽錄音打字的小姐向我做鬼臉，嘴巴嘛向漆著「柯氏，私人辦公室」的門；管檔案的小姐，從檔案櫃背後冒出來，笑一下，指指白莎的辦公室，又縮了回去。

我微笑著，讓她們知道我瞭解她們想告訴我什麼。直接走向金字漆著「賴唐諾，私人辦公室」的門，進去。

卜愛茜，我的私人秘書，坐在我的私人接待室看我，說道：「唐諾，早。見過白莎嗎？」

我搖搖頭。

「那你馬上會見到了。」她預測道。

話好像還留在空氣中餘音未盡，柯白莎一隻大手已把我辦公室門把一扭，門突然而開，門鉸鏈差點脫落，「你死到哪裡去了？」她問。

「外面。」我說。

「我當然知道你死到外面去了！」她喊道：「我們可能失去了有史以來最大

的工作。」

「什麼樣的工作？」我問。

「石油。」白莎說。貪婪的小眼睛怨恨地盯著我。

「坐下來，不要血壓太高，會中風的。」我告訴她。

柯白莎看著她的錶說：「他十點半要回來。」

「那我們沒有漏掉生意。」我說。

「要他回來才算。」她說。

「他是誰？」

「高勞頓，德州佬。」

「他是來找我的？」我問。

「本來是來看我。」白莎說：「有人對他說我們服務非常好。他又怕我是女人，心軟，容易受騙，所以要見你。老天！我不懂男人為什麼都那麼笨，都以為男人才是強人。

「拿你來說，只要一雙大腿加上三分姿色，就可以把你當作毛線一樣繞在手指上玩。把你泡在水裡撈起來，也不過一百卅五磅，你一生中從來沒有打架打贏過，而我——而我才是一百六十磅真價實貨，男人絕不會向我甜言蜜語，女人無法叫我同情，我——」

「一百六十磅？」我問：「你掉磅啦？」

她臉紅了。「我想減肥了，怎麼樣？」她說：「我已經開始節食了。」

「最近還聽見你說是一百六十五磅。」我說。

「滾你的蛋！」她說：「這個人來的時候，不要亂跑。他對我們至少有幾千塊大洋的差別，不要老沒有金錢觀念。看你的樣子大概才和一個兔眼馬子吃完早餐，說不定晚上已經約好——」

「你說這個人十點半再來？」我打斷她的話。

她看看錶，「還有一刻鐘。」她說著轉身，門在她身後砰然碰上。

我向卜愛茜說：「好，一日之計在於晨。」

「哇！你剛才沒有見到。」愛茜說：「她怕那個大油礦生意從我們手中溜走，把電話線燒紅了在找你。」

「是個什麼案子，你知道嗎？」

「我想只是她嗅到了油味，那就是我們的白莎。」

我走回自己辦公室，桌上信件愛茜都已拆開看過，大部分都是常見的，有的向我們要資料，有的告訴我們毫無價值的事，有的要介紹我們大案子但先要介紹費，等等。

最多只有兩封需要回信，我把這兩封信拿出來，其他統統塞進廢紙簍裡。

「你有空把這兩封信回一回。」我告訴卜愛茜。

「有什麼特別要寫在回信裡的嗎？」

「你看當怎麼回，就怎麼回。」我說。

桌上電鈴像火燒眉毛一樣響起。我看看錶，十點二十八分。

「他還滿準時的。」我說。

「有機會就給我弄個油井，唐諾。」愛茜說。

「可以。」我說：「我給你弄兩個。白莎反正只要一個就夠了。」

我走向白莎辦公室。

第二章 韋太太的下落

這男人看起來全身都有德州的戳記。他有個大下巴、高顴骨，寬而有決斷的嘴、灰色穩定的眼和刷子似的眉毛。他穿了一雙新的牛仔靴，腰裡是條寬皮帶，有個很大銀製的皮帶扣。一頂大帽子，足有五加侖水的容量。

白莎笑得像個貴婦——正在介紹自己及笄的女兒給一位百萬富翁。

「高先生，」她說：「我希望你能和賴唐諾多親近親近。唐諾是小了點，但他很有腦筋。他只要開始辦案，就會死咬不放，有時他被打得慘一點，但他從不放棄，對不對，唐諾？」

我不理她的問題，只是向高先生伸隻手出去。

「很高興見到你。」我說。

「你好。」高說，伸出一隻毛茸茸的大手，抓住我的手，一把捏下去。

「高先生從德州來。」白莎解釋，向我笑一笑。

我向他看看，「真的嗎？」一面說，一面坐下，用左手搓著被捏疼的右手。

「高先生，還是由你來告訴唐諾，你要我們做什麼。」白莎對高先生說。

「事情簡單。」高說：「我要你們替我找到韋君來太太——韋亦鳳。」

「找到之後呢？」白莎充滿希望地問。

「找到就可以了。」高先生用堅決的語氣回答。

白莎貪婪的小眼搧了兩下看向他，眨眼的速度每分鐘有兩百下之多。

「一個小時之前，你好像不是這樣說的。」她說。

「我現在是在這樣說呀。」他回答。

「你說過和石油有關。」白莎說。

「你誤會了。」高說。

「我怎麼會！」白莎簡短地說。

「我想我說過找到她之後，也許有些作業，但先要找到她。」

「你說過礦業問題。」白莎堅持著。

「我也許說過，我真的記不起來了。」

「你也說過鑽井。」

「我一定和另外一件要進行的案子搞混了。」

「也許我們可以幫你另外一件案子工作。」

「不要，一個偵探社交代一件案子，就可以了。」

「我們對兩件案子同時進行，收費便宜得多，可以省下你不少鈔票。」

「花錢我不在乎，好的服務，我願意付合理、大方的錢。剛才和你說話的時候，我可能把另一件案子和這件案子搞混了。柯太太，我再說明一遍，這件案子裡面沒有石油，我也沒有說過油田、礦權或是鑽井。我要你們找到韋太太。這是你們唯一的工作，找到她、向我回報，就如此簡單。」

「這個人容易找嗎？」我問。

「我怎麼會知道？」高說：「假如太困難，我們就作罷。」

白莎喉嚨裡發出一個哽住了的聲音，趕快自己止住，把嘴臉停在似笑非笑的樣子。

「我從哪裡開始找呢？」我問高先生。

「從韋君來那裡開始找。」他說：「韋君來住在霜都路一六三八號，那一帶地方一買就買一畝地，由你自己發展。他租一幢小房子，有水果樹和自己的菜園子。」

「他太太和他住一起嗎？」我問。

「可以說是，也可以說不是。」

「這是什麼意思？」

「他們還有夫婦關係，應該住在一起，但是太太沒有住在那裡。」

「有概念會在哪裡嗎？」

「這就是我找你們的目的。」

「有和韋君來談過嗎？」我問。

他向我看過來，好像兩個人在賭梭哈，我才把一大堆籌碼推到桌子當中去似的。

「有。」過了一下他說。

「韋先生怎麼說？」

「韋先生認為他太太和另一個男人私奔了，他對這一點也很惱火。」

「你有沒有，」我問：「和他鄰居談過？」

「一個鄰居。」

「哪一個？」

「一位林太太。」

「她住哪裡？」

「下一幢房子。」

「她認為如何？」

高先生直視我的眼睛：「她認為韋太太被埋在下面海灘邊，某一個沙丘裡。」

「你和警察聯絡過嗎？」

「我不喜歡警察。」高先生說。

我說：「這個任務可能不太簡單。」

「還用說，」高說：「要是東問問，西問問，找得到的，我還會花鈔票來找你們？我自己早就去找了。」

柯白莎說：「你剛才說，你看中的那塊座落在聖般納地諾的地產，是怎麼回事？」

他勉強控制著自己儀態：「我沒有說我看中什麼地產，我說過她也許對某塊地有興趣，最終變成查她下落的線索。」

「我總以為是你對這塊地有興趣。」

「我的興趣只在查出韋太太的下落。」

白莎看起來像是早上吃了一盆鐵釘，有點消化不良的樣子。

「你找到韋先生的時候，他態度如何？不高興，還是滿合作的？」

「他滿合作的。他說他也和我一樣，急著要知道她下落。」

我說：「簽一張一千元的支票，我馬上開始替你找找看。也許會找到，也許不會，我們收你工作費，一切開支都歸你付。一千元花完之後，我會給你帳單和報告，由你決定要不要繼續。」

高先生拿出支票本。

白莎開始握緊拳頭，又放鬆拳頭，鑽石戒指隨之閃閃發光。高先生把名字簽在支票上，從桌上把支票滑向白莎。

我把支票拿到手裡，是德州第三大城聖安東尼奧一家銀行的支票，抬頭是柯賴二氏偵探社，票額一百五十元。

我把支票交給白莎：「這是張一百五十元的支票，我說的價錢是一千元。」

「我聽到你說什麼了，我目前對這件事只想投資一百五十元。你要知道，我代表一個大組織，有許多不同的事要分頭進行，這是一個小案子，我不準備把它變大了。」高說。

我說：「我不認為付這樣一點訂金，可以得到你要的效果。」

「那就算了。」他說。在桌上拿起帽子，伸出他的大毛手準備去取回那張支票。

鑽石亮光一閃，白莎及時把支票從他指縫中攫過來。

「我們馬上開始，」白莎說：「這支票上的錢用完了，我們會請你過來，由你決定進退。」

「到時候，有可能人已經找到了？」他說。

「也許。」白莎冷冷地說：「我們怎麼和你聯絡？」

「大德大飯店。」他說：「十天之內我都在那裡。」

「你要換地方，不要忘記通知我們。」我說。

「不會換地方。」他和白莎和我握手，走出去。

白莎等他把門關上，抓起一個放滿迴紋針的紙盒，拋在地上。她把裙襬撈起，用穿了高跟鞋的腳猛踩那些地上的迴紋針，一腳把空紙盒踢到牆邊。

我坐到一張椅子裡，點著一支香菸。

「賴唐諾，你渾蛋！」她刺耳地說：「要是你一小時之前在這裡，我們已經沾上很多油了。那小子有一張文件，一定要韋太太簽字才有用。他本可以花大錢非找到她不可的。」

「我們還沒有出局呀。」我告訴她。

「誰說沒出局！」白莎憤怒地說：「我們漏氣了，他一定去看了什麼王八律師，律師說為了一張鑽油的合約，不必付大錢給私家偵探去找一個失蹤的人。那個律師教他，怎樣強迫我們把它當一般人口失蹤案件處理。」

「沒錯，對我們來說一樣是找人，不是嗎？」

「你渾蛋！沒有錯。」她叫道。

我吹了一個煙圈。

她按鈴叫她的秘書，說道：「琴，把迴紋針撿起來，放回盒子裡去，該死的盒子掉到地上去了。」

我向琴做個鬼臉，走出去。

第三章 一流的好偵探鄰居

霜都路到底，是個三不像的社區。

很多年前，有人喊出一種廣告口號：「一畝地的自由」。一大塊沒人理會的土地，被開發出來加以灌溉，規劃成一個個大的農莊，過不多久，大的農場被規劃成一畝、一畝大小的所謂「一畝地的自由」。買了一塊愛怎麼辦就怎麼辦。

住到霜都路底的人，都有點開發西部的精神。現在住在那裡的人都自己住在不大的房子裡，有人養點兔子、羊、雞等動物。土地也很肥，自己的蔬菜都可以自己種。

一六三八號是一個獨院小屋，已經很舊了。用來住洋娃娃太大了，要舒服地住人就太小了。但是格局還滿好的，照了相，登到房地產廣告上，照樣是一房二廳，廚廁全，包圍在日光和山色之間。

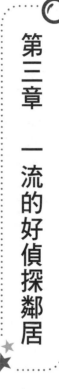

對這一類房子，我相當清楚。所謂臥室，兩張單人床都必須靠牆放置。中間的空地剛好放一個床頭櫃，夫婦必須經常練習，以免入睡前小腿打架，所謂客廳和飯廳，二者間的分界線是非常不明顯的，事實上根本沒有分界，廚房當然比個小拖車小得多。

韋君來為我開的門，韋先生淡藍的眼珠，高高身材，相當憔悴，動作緩慢，說話也不快。他大概三十五歲，穿了一件藍色襯衫，已有補釘。腳上是一雙舊軍用靴子，他對個人儀態根本不在乎，事實上他根本玩世不恭。

「哈囉。」他說：「有什麼事嗎？」

「我姓賴，賴唐諾。」

「賴先生，你好。」

我們握手。

「我是個偵探。」我說。

「偵探？」他問。

「喔。」

「我想和你太太講句話。」

「我也在這樣想。」

「你不知道她去哪裡了？」

「不知道。」

「有一點概念嗎？」

「進來坐，」他說：「你要抽菸可以自己抽。」

他把我帶到洋娃娃房子的客廳，唯一的一張沙發套了套子，硬得要命，但他讓給了我，自己拖過一把直背椅。

「你最後見到你太太是什麼時候？」我問。

「三天之前。」

「你們住這裡多久了？」

「比這也多不了多少天，我們搬進來兩三大就大吵一次。」

「她就離開了？」

「是的。」

「什麼時候——夜裡？早上？下午？什麼時候？」

「我早上起來，她已經走了。」

「你起床早不早？」

「非不得已不起床，我喜歡賴在床上。」

「那天早上你都在床上？」

「是的。豈有此理，她早餐沒給我做就離開了。」

「一切都留給你自己幹，是嗎？」我問。

「沒錯。」

「傷腦筋。」我替他說。

他用他淺藍眼珠很快看我一眼，說道：「少了一個女人是傷腦筋。」

「你們兩個為什麼吵架？」我問。

「不為什麼。」

「她出去，有沒有留張字條，或什麼的？」

「除了水槽中留一些髒盤子外，什麼也沒留下來。」

「晚餐留下的髒盤子？」

「不是，她早上自己用了荷包蛋、吐司和咖啡。」

「她做早飯你聽不到？」

「沒聽到，她一定輕手輕腳在廚房搞。」

「煮咖啡也聞不到香味？」

「沒有。」

「她帶了多少衣服走？把衣櫥裡的都帶走了嗎？」

「沒。」

「你對她的衣服清不清楚？有沒有查過少了什麼？」

「沒有。」

「她親友呢？」我問：「你太太有沒有親友，會去投靠？」

「說不上來，我們親戚不太串門子。我不喜歡她娘家親戚，她有個舅舅，死的時候遺了點財產給她。那只是一星期之前的事，我不知道她還有什麼親戚，我也不在乎。」

「你們在什麼地方結的婚？」

「我早該先問你，你找她又為了什麼？」

「我有話和她說。」

「有關什麼事？」

「為了她為什麼離開。」

「我也要問她。」他承認：「我不知道為什麼她一走就有那麼多陌生人到我們家問三問四，有香菸嗎？」

我給他一支香菸。

「你有工作嗎？」我問。

「我經營這個地方，我準備自己做個花園。」

「你的職業是什麼？靠什麼賺錢？」

「我自己做自己老闆，收支還平衡。」

「有人見到你太太離開嗎？」

「我不知道。」

「鄰居呢？」

「一家不錯。另一家是吃了飯沒事做，專管閒事的長舌婦。」

「誰是長舌婦？」

他用大拇指向西面的鄰居指一指：「姓林的女人就是。」

「她是太太？」

「嗯哼。」

「先生也住一起？」

「他有工作。」

「他會不會多管閒事？」我問。

「絕對不會，他從不多嘴。」

「假如我去和林太太談談，你不會介意吧？」

「你有你的自由。」

「你允許我和她談談？」

「可以。」

「你在這裡不會搬家？」

「我會等她一個禮拜，之後就不管她了！」

「你是說再回來也不理她了？」

「是的。」

「也許她突然失去記憶，不知道自己家在哪裡。」

「我也會失去記憶，不記得她了。」

「我覺得你不太合作。」我告訴他。

「不出錢，你能得到多少合作？」他問：「你告訴我你要見我太太，我告訴你我也想見我太太，我又告訴你她在什麼情況下離開的，事實上，我自己也只知道這一些。」

「你有輛車？」

「是的，老爺車。」

「她沒開走？」

「當然她不敢，我不會讓她這樣做的。」

「那她怎麼離開的？」

「用腳走，我相信。」

「附近有公路站？」

「差不多半哩路遠。」

「她有沒有拿箱子走？」

「我不知道。告訴過你，她走的時候我沒見到。」

「你不知道你們有多少口箱子？」

「我現在知道了。」

「以前不知道？」

「我認為少了一口箱子，但不能確定。」

「你有沒有查一查她帶走了多少衣服？」

他搖搖頭。

「她還有衣服留在這裡？」我問。

「是的。」

「要是需要帶個箱子走半哩路，她不會帶太多衣服。」

「應該沒錯。」

「除了她舅舅遺留給她的財產外，她自己有房地產嗎？」

「和你有什麼關係？」

「我只是問問。」

「我不知道，我對她財產沒有興趣。老兄……你說你叫什麼名字來著？」

「賴，賴唐諾。」

「你是一個偵探？」

「是的。」

「有人付錢，請你來調查的？」

「我當然不會白工作。」

「當然，有人付你錢，你應該為賺錢而工作。私人來說，我並不反對你。但是我不喜歡不認識的人東問西問。事實上，我們的家事和別人無關。」

「這就是你的態度嗎？」

「這就是我的態度。」

「好吧。」我說：「我不打擾你了，我附近走走。」

「就知道你會這樣。」

我站起身來說：「再見了。」

「再見。」

我走向前門。他本想站起來送我出去，想想又改變主意，擺了擺手，換坐到我剛離開的沙發，把頭後靠，把腳擱到一張椅子上去，把我給他的紙菸猛抽一口，從鼻孔中噴出兩條煙來。

我走到他西鄰的人家，信箱上名字是林千里先生。

我按門鈴，門把立即轉動，突然在門裡面的人想到這樣未免太過明顯，門把暫停動作，握住不動了五秒鐘。而後門把一下轉到底，門被打開。一位面孔像個斧頭，黑眼，五十歲的女人站在裡面說：「你好。」

「你好。」我說：「我來是想請教一些住在你那邊那位鄰居的事——」

「你幹什麼的？」

「我是個偵探。」

「我說嘛，也該來了，該有人出面了。進來，進來請坐。我每次想到那邊那可憐女人，每次想到每個人只是問問就算了，一點作為也沒有，就覺得不服氣。那些人怎麼能讓他得逞呢？這實在是向警察和我們文明挑戰。你說你姓什麼來著？」

「我還沒有說，我叫賴唐諾。」

「我是林千里太太。」

「林太太，你好。」

「你可以坐這裡。」她說：「我慢慢來告訴你我知道的一切。先告訴你，我不是好管閒事，我只是一個正常、不太忙，終有一天會死的人。我自認為是個好鄰居，別人不歡迎，我就懶得串門子。我總認為中國古語說得對，遠親不如近鄰。鄰居嘛，本來應該守望相助的。你說是不是？那邊有什麼不對嗎？」

「我看不出有什麼不對。」

「我先生，千里，他不喜歡這樣。他老說我閒事管太多了，他說我再要多管鄰居那件和我們無關的事，他就要搬家了。老天知道，我真的不希望千里認為我在偷看別人，或是在管閒事。賴先生，我真高興，今天是你自己主動過來的，一點都沒有受我任何暗示。你說你是個偵探？」

「私家的。」

「什麼意思？」

「我是個私家偵探，不屬於警方。」

「你的意思，你並不代表警察？」

「不代表警察。」

「你的意思，事情發生了那麼多，警方還沒有出動？」

「還沒有。」

「嘿！真是天曉得。」她喊道。

我坐在那裡等她說話。

「好吧，」她說：「我還是要告訴你，我知道些什麼東西。事實上，也沒有什麼可以保密的。」

「是星期五晚上，也就是十三號那一天，我先生睡得很熟，我總是有點小聲音就吵醒了。我聽到他家有爭吵聲，而後是大吵大鬧，時間正好是午夜。」

「我告訴過你，我不喜歡管別人閒事。但是鄰居嘛，也應該自己識相，我起床看看他們到底在搞什麼鬼。當然，也可能是有強盜進去了，在逼他們說出錢藏在哪裡。不過都不是，只是夫妻吵架。韋君來在咒罵他太太什麼事，她喊叫著，這是我一生聽到最可怕的叫聲，之後我聽到一下重擊聲。賴先生，我發誓我聽到一下重擊聲。

「我先生事後一再告訴我，我沒有聽到任何聲音，他認為是我在想像。我當然知道我聽到什麼，沒聽到什麼。先是女人大叫，之後是一下重擊，是什麼東西重重打到什麼東西的聲音。」

「你當時怎麼辨？」我問。

「我把自己退到窗簾後面，繼續聽下去。那邊房子裡有燈，但是窗簾是閉著的，什麼都看不到。你知道後來怎麼了，賴先生？我會告訴你後來怎麼了。重擊之後，那邊屋裡靜悄悄，一點任何小的聲音都沒有。他們兩個吵得天翻地覆，男人有件什麼事在罵他太太，太太大叫。突然就一切靜寂了，什麼聲音也沒有了。

「現在，你總不能也告訴我，那個男人沒有打她，把她打昏過去。我知道是事實，我的意見是他不是用拳頭打她。他用棍子或什麼棒子打她，把她打死了。這就是我認為的，賴先生，他已經把她殺了。」

「為什麼會這樣想呢？」我問。

「我告訴你我『認為』——事實上，我『知道』。我清楚得就像我知道我有幾隻手指頭。我乾脆告訴你，我為什麼知道好了，賴先生。我回身找了一件睡袍，我又找了張椅子坐在窗邊上，等著看到底發生了什麼事。」

「你看到什麼了？」

「我看到那男人從後門溜出來，走到他停車的車庫。你知道他帶了什麼？」

「他帶了什麼？」

「他肩上扛了一長條東西，是什麼東西捲在地毯裡——看來像地毯，也許是毛毯。黑黑的，賴先生，你知道是什麼東西？」

「你認為是什麼東西？」

「不是我『認為』是什麼東西，是我『知道』是什麼東西，他扛著的是那女人的屍體。」

「你看得到死人嗎？」

「當然看不到，可憐的女人已經給地毯或是毛毯包起來了。我看不到她，但是可以看到男人，還可以看到那包東西的樣子，裡面就是個死人的樣子。那包東西在肩上，很重，有點搖擺，就像還沒有僵硬的屍體。不能算搖擺，應該說甩呀甩的，我看他走進車庫，車庫燈亮了，我聽到車後的行李箱關上的聲音。那是很明顯，不會錯，後車廂砰砰的聲音。」

「你形容一下，她長得什麼樣？」我說。

「她身材小巧，非常好看，不到二十六，可能要更年輕。我真不知道這樣好看的女人，到底看中韋君來什麼地方。她體重不到一百一十磅，大概五呎二寸左右。」

「她眼睛什麼顏色？」

「藍色。她頭髮天生紅色，穿短褲很好看。所以她總是穿短褲、短裙。」

「我想，你後來就回床睡覺，在他——」

「回床睡床？沒這回事！我就坐在這裡守著。你知道後來怎麼啦，賴先生？」

「不知道。」

「那男人走出車庫拿了一把鏟子、一把鋤頭回去。」

「亮光夠不夠你看清楚是鏟子和鋤頭？」

「不夠亮，要是要我宣誓說是鏟子和鋤頭，我不能說。但是我聽到鏟子撞到鋤頭的聲音，你知道——金屬碰金屬的聲音。」

「說下去。」我說。

「他把房子的燈熄了，把鏟子、鋤頭放進車裡，把車庫燈也熄了，輕輕把車開出車庫，開出房子後面我看不到的地方。天知道在那裡他幹什麼，不過他在那裡停了幾分鐘之後，然後就把車開上街走了。」

「我想，」我問：「你有報過警？」

「報警！」她叫道：「我可能沒告訴你，我們那位林千里，林老爺的個性，我向他報一報已經不得了了。我把看到的向他一說，他差點沒把我頭擰掉。照他樣子，好像防止鄰居被謀殺，本身還是一種罪惡。他說要是我能睡覺，不要半夜起來穿了睡袍偷看別人洋相，會活得快樂得多。」

「韋先生什麼時候才回來的？」

「他兩小時四十五分鐘之後才回來。賴先生，照我看起來，他一定去到海邊沙灘了。」

「為什麼？」我問。

「因為，」她說，「只有那個地方你可以埋掉屍體，在兩小時四十五分鐘之內回來。即使如此，還得快快鏟土，埋得還不太深。四十五分鐘，正夠一個男人在又鬆又濕的沙地裡挖一個墳墓。」

「你見到他開車回來了？」

「是的。」

「你有沒有見到他從車裡拿出什麼東西來？」

「沒有。他只是把車開進車庫，就自己回進屋子去，我見到廚房燈亮了很久，他一定在自己煮壺咖啡，也許他自己喝一點酒。假如你瞭解他，他就是那種人，可以埋掉自己太太回來，喝點咖啡，來點酒，什麼都不愁就上床睡覺。」

「自此之後，你沒見過韋太太？」

「全世界最後有人見到、聽到她，恐怕就是那晚她大叫之後，被別人打昏——」

「不過你並沒有見到有人打人？」

「我沒見到，我聽到的！」

「第二天早上，你沒見到韋太太？」

「沒有。」

「有沒有見到韋先生？」

「大概十一點鐘他才起床，這也是我第一次見到他。他走出來去車庫，在裡面相當久，回進屋去後，就開始東摸西摸。」

「你做什麼？」

「我？我什麼也不做，不過我手邊正好缺了些糖，我想要借點糖。所以我就去敲他們廚房的門，就像平時我時常去鄰居家那樣子。」

「發現什麼了？」

「韋先生來開門，我問他能不能和他太太說句話，他說他太太頭痛，才睡到床上去，又問我要什麼，我告訴他我要借杯糖，他就拿了一杯糖給我。」

「你只借了一次東西嗎？」

「我是只借了一次東西，但是我後來去送還我借的糖了。」

「那一次怎麼樣？」

「我還是走廚房後門。」

「你要找韋太太？」

「是的。」

「你沒有見到她？」

「我告訴過你，自從那一晚後，什麼人也沒見過她一根指頭。這是她活著最後的一次，這——」

「他又怎樣應付你呢？」

「他說韋太太搭巴士進城去了。事實上，我知道她沒有，因為我一直在看這幢房子，我知道她連院子裡也沒出現過，我知道她根本已經不在這裡了。」

「林太太，你還對什麼人說過這件事？」

「有一位高大的高先生，昨天下午來過，說是要知道一點隔鄰那位鄰居的事情。我對他說了一點，沒說太多，因為千里老叫我不要對陌生人說太多話。」

「事實上，你告訴我的，差不多都告訴過他？」

「我只是回答問題，我當然不會把臆測的事拿出來自找麻煩，不過我知道的應該有問必答。」

我說：「我對你觀察的能力實在很欽佩。假如你不在乎我亂講，你真是個一流的好偵探。」

「真的呀！」她笑得嘴都合不攏：「你真是好，賴先生。要是我先生在這裡能聽到就好了，我相信你自己一定有說不完的冒險經驗。看看我，住在一個沙漠裡，連鄰居都少得要命，再說都是安份的多，也沒什麼事可發生。」

「我知道你的感想。」我告訴她，和她握手言別。

我又回到韋君來的住處，按前門的門鈴。屋裡一個聲音問道：「什麼人？」

「賴。」我向裡面喊道。

「又要幹什麼？」

「想要張照片，你太太的，有沒有？」

「沒有！」

「一張也沒有？」

「沒有！」

我試著推門，門是閂著的。我離開前門，兜到房子後面，我進車庫裡張望，老爺車子的確是老爺透了。我拿出記事本把車號記下，光線一暗，我自肩後回望，韋君來站在車庫門口，擋住了陽光，也擋住了我出路。

「我不喜歡別人來我的地方偷偷摸摸。」他說。

「我看看你汽車裡面，會不會反對？」我問。

「會。」

「我多看一下車庫環境，會不會反對？」

「會。」

我把記事本放回口袋說：「我站在這裡，你反不反對？」

「反對。」

我側過身，小心地經過他身邊，離開車庫。

「你不必再回來。」韋君來告訴我：「有機會拜託轉告那隻多事的老母雞，她要是再不停亂叫，我就找律師對付她。」

「那要花很多錢。」我告訴他：「不如報警，請警察叫她閉嘴。」

「你可以滾你的了。」

他跟著我走出來，眼睛瞪著我，看我走向他另一方向的鄰居。

那位鄰居什麼也不知道。

韋君來一直站在外面，看我開車離開。

第四章　報告

整個下午，我都在跑腿。

我找到巴士經過這個站的時刻表。我找到哪些人是這幾輛巴士的駕駛員，我一個一個去拜訪，請問有沒有見到位小巧的女人，廿三到廿六歲的年紀，紅頭髮、藍眼珠、五呎二吋高，一百一十磅，拿了個箱子，在星期五深夜或星期六一早搭巴士離開，我知道箱子可能是唯一容易引人注目的線索。

沒有結果。

我去查人口移動登記，找不到韋君來和韋亦鳳結婚的資料，但是我找到一項紀錄。八年前韋君來和一位叫白莉莉的結過婚。

我打電話到辦公室，請她們接上柯白莎。

「白莎，是我唐諾。」聽到白莎的聲音，我說。

「哈囉，衰死鬼，有什麼消息？」

「和林太太談過了。」我說：「她認為韋亦鳳上星期五被韋君來謀殺死了。另外一面的鄰居什麼也不知道，而且不想蹚渾水。我查過所有經過的巴士，看有沒有人見到她帶著箱子離開，都說沒有。我查人口移動登記，沒有他們結婚資料。」

「老天。」她說：「你真聰明，這是什麼偵探工作？」

「這是，」我說：「一百五十元的偵探工作，我們當然要賺一點才划得來。」

「即使拿一百五十元來說，」她批評說：「這些還不值得。」

「我們的客戶，也不值我們拚命呀。」我告訴她。

「他第一次來的時候不是這樣的，他很熱衷地在吹牛。他準備給我們大把鈔票的，我相信他甚至會答允我們出油後一個固定百分比——假如你找得到她。」

我說：「我所知道的他，只是十點三十分以後的他，他要一件便宜工作，我就給他一件便宜工作。」

「不要那麼吝嗇，」她說：「研究研究還有什麼可做的，再做一點什麼工作。」

「我認為不會有什麼好處。」

「沒錯，也不會有什麼壞處。」白莎說：「我覺得多做點，可能會把這個客戶贏回來。」

「好吧。」我說：「我再放點時間上去。」

「開支要小心。」白莎警告我說：「照這個數目看來，這件案子最好不要再有什麼開支。」

「我會省省用。」我告訴她。

我繼續又做了些跑腿工作，那天下午及第二天就如此過去，我只支付了一些長途電話的開支。

我查了韋君來的汽車車號，他買的是中古車。在他之前已換過四五個車主了，我查韋君來那塊地產，有點奇怪的發現。韋君來遷入之前，屋子裡一切都是現成的。房東和房客約定好，韋君來付兩個月租金，假如兩個月後他喜歡這個地方，他可以用分期付款買下這地方。不喜歡，隨時可以搬，辦成這件交易的經紀人認為韋太太「極漂亮」。對這種小兒科交易他都懶得立合約，只是在收據上把這些條件寫上，他自己以經紀人身分簽了個字。

經紀人為了信用調查，韋君來提了兩個人名作對象。經紀人已有寫信去詢問，還沒有回信。

第二天，已是星期二，下午五點三十分我決定停止對本案再花力氣。我什麼也沒有得到，我本來也沒期望會得到什麼。

我回辦公室，用錄音機把報告錄下來，明天秘書可以打字交給客戶，我說想找韋太太有如大海撈針，除非通知警方，否則不可能找得到，只有警察才能搜查韋先生的車子看有沒有血跡。只有警察才能逼問他在什麼時間、地點結的婚，只有警察才能清理她衣服有沒有帶走。否則可能我們連她娘家姓什麼也查不出來，更不要說親戚了。

結論是這件案子應該交由警方處理，硬要由私家偵探進行非但所費不貲，而且時間將無限期延長下去。

我留下張條子要愛茜多打一份報告，副本放白莎桌子上交白莎閱。

我出去吃飯，回家睡覺。

第五章　謀殺事件

星期三早上，我到辦公室的時候，卜愛茜早已把我昨晚的報告處理好了。

「我九點沒有到班，白莎說了什麼沒有？」我問。

她搖搖頭：「今早上她情緒不錯。」

「報告副本有沒有放桌上一份？」

「有。」

「那好，」我說：「我們靜候變化，不會太久了。」

幾乎我才說完這句話，我辦公桌上電話響起，我拿起話機，是白莎在說：

「唐諾，來辦公室一下，高先生在。」

「就來，」我告訴她：「見了我報告嗎？」

「在我桌上，還沒有看，我已交給他看了。」

「他現在在看？」

「是的。」

「我等他看完再來。」我告訴她。

卜愛茜用思慮的眼光看向我說：「我覺得你對我們的新客戶高先生不太友善。」

「我不太喜歡受別人牽來牽去。」我說。

「我看得出。」她說。

我把手放在門把上。

「唐諾，他想牽住你嗎？」

我說：「我叫他簽張一千元的支票，我們可以開始調查。他點點頭，簽張支票，是一百五十元的。」

「老大？嗯。」她問。

「大亨。」我說。

「據白莎說法，我看他不喜歡警方插手。」

「那是真的。」

「事實上，他可能非常不喜歡警方插手。」

「也是真的。」

「那你這張報告會讓他火冒三丈。」

「這裡有火險，沒關係。」

她笑了，我打開門，經過接待室，走進白莎辦公室。

高勞頓正好把報告看完，看到我進去，他從椅中跳起，惡毒地看我一眼，把一疊薄的打字紙用盡全力拋向地上。

「可惡！」他喊道：「我告訴過你，我不喜歡找警察。」

我看向他說：「又怎麼樣呢？」

「你顯然對我告訴你的沒太尊重。」他說：「你做的都是表面工作，最後還是要找警察。」

「我告訴過你，要找她需要一千元訂金。」我說：「對這一點你意見很多。」

「本來就有很多事我和你意見不一致。」

「你有你的權利。」我告訴他：「你要找韋太太，那要很多時間和很多金錢。甚至，即使有錢可花，有時間可等，但經由私家偵探社還是沒有辦法辦到，要是找警察的話，機會可多得多了。」

「當然。」他揶揄地說：「你大腳趾上長了個雞眼，你齊膝把腿鋸掉了，也算是把雞眼治好了。」

「這也是一個辦法。」我說。

「你認為她死了嗎？」他問。

「我不知道。」我老實說。

「要多久你才能知道？你已經查了兩天了，你知道。」

「我沒有權力強迫別人說話。」我說：「警察才有權力。」

他站起身來，把帽子撿起：「一百五十元我有剩餘嗎？」

「都用完了。」我說：「事實上，我們會計部門算出來已經超支了一毛三分。我建議你在惹禍上身前應該找警察。」

「我沒有意思要惹禍上身，我也沒準備要找警察。」

「公民的責任，有的事知道了一定要報警的。」

「對加州的警方，我沒有公民的責任。」他把手伸進褲子口袋，抓出一把硬幣，數了一毛三分出來，放在白莎面前，不屑地說：「有空記得給我一張發票，我可以扣所得稅。」

他轉向我說：「我只管我自己的事，賴先生，你也不要管別人的事。」

「我本來也是這樣建議。」我說：「是不是我們被解僱了？」

「你完全說對了。」

「我們已經不再為你做事了？」

「絕對正確。」

我拿起電話，要了外線，撥了個號碼。

他的手伸向門把，正好我對電話說：「接兇殺組。」

他轉身看著我。

「宓善樓警官在嗎？」我問。

「等一下。」對方說。

宓善樓來接電話。

「哈囉！什麼人？」

「是賴唐諾。」我告訴他。

「噢噢，哈囉，小不點兒！你最近在搞些什麼？你好久沒有找我麻煩了，我都有點——」

「我想報警一個可能的謀殺事件。」

「你總是不學好。」

「這倒是真的。」

「什麼人死了？」

高勞頓把手自門把收回，用我嚇一跳的速度轉身，向我走過來。

「不要掛斷，」我向電話說：「我想有人要揍我了，你可能會聽到我挨打。」

高勞頓在我身前停住。

「什麼人要揍你？」善樓很感興趣地問我。

「我想他現在改變主意了，他不准我把知道的報警。」

「去他的，『他』准不准！告訴我『他』是誰，我來對付他。」

「這一點不可以，我不能告訴你僱主的名字。」我說。

「唐諾，我馬上要見你。」善樓說。

「我就知道你的脾氣。」

「好，唐諾，我馬上來，你在辦公室是嗎？不要離開，就在那裡等我，那傢伙要是想出點子，把他留在那裡。」

「我怎麼留得住他？」

「讓他把你當沙包猛打好了。」善樓說：「這是我知道最好的方法，讓他滿足練習的慾望，反正你想捉住他，結果是一樣慘的。」

「手邊有鉛筆嗎？」我說：「實在你也不必跑一次。」

「鉛筆、紙張都有。」他說：「講！」

我說：「韋君來，霜都路一六三八號，兩星期前才住進去，一起去的是他太太，叫亦鳳，紅頭髮，二十三到二十六歲，一百一十磅，五呎二寸高，依據他鄰居——一位林千里太太說，韋家在上星期五晚上大吵一場，林太太聽到重擊聲，之後韋君來出來，扛了一包林太太以為是屍體包在地毯裡的玩意兒，他把它放進汽車，然後——」

「我自己過去看。」善樓打斷我的話。

高勞頓突然向我一掌擊來，我試著躲避。

他一把大手抓住我背後領子，來搶電話。

「開始了！」我向話機大叫，高勞頓已經抓到電話機，用力一拉，電線拉斷，電話機被摔到辦公室的一角，他用可以殺掉我的眼神恨恨地看著我。

白莎坐在那裡一動不動，她小眼睛看看他，又看看我。

高勞頓想到什麼，自己控制了自己，把我用力推出，撞上了白莎的辦公桌，用力一轉門把，他走出辦公室，讓辦公室門大大開著，沒被帶上。

「狗娘養的！」白莎說。

「我？」我問道。

「他。」白莎說。

我向她笑笑說：「白莎，你終於有了合夥人之間的道義感了。」

「滾你的蛋，」白莎向我喊著：「你給我滾出去！」

我走出她辦公室。

回到自己辦公室，卜愛茜停下打字。「有油？」她問。

「蓖麻油。」我說。

第六章　死人回家

第二天早上，我走進辦公室時，白莎在等著我，滿臉充滿了熱忱。

「唐諾，」她說：「你開始工作之前，能不能進來和我談一下？」

白莎今天戴著她最好的戒指和禮帽，她在辦公桌後坐下，放了一支香菸進她長長的象牙菸嘴，點了火說：「唐諾，今後我們不能再讓那偽裝的狗娘養的來騙我們了。」

我坐在那裡等她解釋。

「報館裡有不少舊資料。」白莎說。

「說下去。」我告訴她。

「昨天我想了很久。」

「你想些什麼？」我問。

「想那個德州來的狗娘養的。」白莎說：「他第一次來的時候的確說過聖般納地諾郡什麼的，所以我打電話給聖般納地諾報館，請他們查查韋君來太太的舊資料，你知道我找到什麼？」

「當然知道。」我說。

輪到白莎驚奇了。「什麼？」她說。

「你找到了什麼可以轉為鈔票的資料了，你坐在那裡像隻貓——用爪子在翻一條塗滿奶油的魚。」

白莎沒理我。「韋君來太太，」她說：「從遺產得到一塊地，位置在加州一個叫猶卡小城的西面約十哩路，她是從德州一位叫福阿侖的舅父那裡得來的遺產。」

「這是什麼時候的事？」

「大概十天之前，福阿侖死的時候，遺囑說他所有德州的財產歸他遺孀，所有他加州的地產，另加一萬五千元現鈔送給外甥女馬亦鳳——假如馬亦鳳還活著。如果馬亦鳳先他死去，這些就送給另外一位外甥女，在薩克拉曼多住的董露西。馬亦鳳就是現在的韋君來太太，聖般納地諾記者很不容易的找到她，記者找到韋君來時，他住在巴林，他太太在薩克拉曼多作客。記者告訴韋先生有關遺囑的事後，他立即電召太太回家，報紙有很好的記載和照片，那韋太太很漂亮。」

「韋先生花掉他太太的一萬五千元，還滿快的。」我說：「這樣說來，他幾乎立即離開巴林，遷到了霜都路來了。」

「嗯哼！」白莎說：「這也許是吵架的原因。」

「資料都在嗎？」我問。

白莎打開一個抽屜，從裡面拿出了一堆剪報。

韋馬亦鳳穿了緊身毛衣和窄裙，照了一張相在報上。她很大方，照片大部分見到的是大腿。

「真不錯。」我說。

白莎皺了一下眉說：「該死！少看一點大腿，快點把內容看完，現在是正經時間，只談生意。」

我看新聞內容，也沒有什麼新的收穫，白莎說得已十分完整。

「那猶卡的地產裡，有油。」白莎說。

我搖搖頭。

「好，你聰明，你怎麼知道沒有油？」

「我認識一位地質學專家。」

「又怎麼樣？」

「專家知道出油可能的地帶，我曾經為這件事仔細的問過他。」

「他怎麼說？」

「他說你鑽下去只有花崗石。」

「你笨蛋，就算下面是石頭，你鑽過石頭，會有什麼？」

「我也問過他這一點。」我說。

「他怎麼說？」白莎有希望地，把身體靠前問。

「還是石頭。」我告訴她。

白莎向後一靠，怒氣自眼中升起：「人會長到像你這樣笨，倒也實在少有。」

「好吧！」我說：「聽你的！」

「那個姓高的已決定投資在這塊土地上，想叫它出油，我們動手要快，你去把那寶貝找到，我們把她包圍起來，由我們來取得開採權利，讓姓高的來和我柯白莎打交道，我讓他看看是男人狠，還是女人狠。」

「這不合職業道德。」

「為什麼？」

「他以前是我們一個僱主，他給我們的消息都算是機密的。」

「不對，這不是他告訴我的，他發誓他沒有向我說過石油的事，他發誓他沒有向我說過鑽井或是礦權的事，他說這話時你也在場。再說，我們也許可以偷偷買一點那塊地附近的土地，也許也會——」

我猛搖我的頭。

「為什麼不行？」白莎問。

「職業道德。」我說。

「職業道德！」白莎大叫道：「你和你的狗屎職業道德！你——」

門突然打開，宓善樓站在門框口。「不錯，不錯。」他說：「又是一次友善的合夥小會議，白莎，血壓不可以高成習慣了，照妳臉色看，血壓已高到兩百三十五度了。」

善樓用鞋跟把辦公室門關起，把帽子推到腦袋瓜子後面，算是脫帽了，把早已熄火、濕兮兮的雪茄屁股，從嘴角這一邊移向另一邊，高大，有耐力地站在那裡向下微笑，多疑的眼睛花花地俯視著我們。

「總會有一天，」白莎說：「有人一槍打在你兩隻狗眼當中，為的是進入別人私人辦公室不懂得敲門，也不懂——」

「我知道，我知道，」善樓說：「但是你知道法律的權威性，法律是不能等的，謀殺更是大事。再說，像你們兩位給我謀殺案消息，多半來者不善，是要我替你們去火中取栗，當然我要來看看，火在哪裡，怎麼樣一個火。」

「別把手燙到了。」白莎簡短地諷刺著。

「我也不準備如此。」善樓說。

善樓很瀟灑地靠在牆上，王牌全部在手，而且很自信的樣子，厚厚的深色髮髮從已推到後腦的帽子的前緣突出在帽子之前，他說：「你們兩隻鴿子中，哪一隻準備和我來談談韋太太？」

「韋太太的事，我們都告訴你了。」白莎說：「你為什麼不去做你該做的事？老天！我們好意給你一個升級表功的機會，你去睡了一覺，還來問我們怎麼回事？」

「嘖，嘖，嘖，」善樓說：「白莎，你這樣說話就太不公平了，你們電話過後三十分鐘，我們就到了現場，不過還是晚了一點。」

「什麼叫晚了一點？」我問。

他說：「你電話給我不久後，韋君來跳進他那輛老爺汽車，一溜煙溜得影蹤全無，到現在還沒回家，我們昨晚徹夜有人在等，因為他沒有回來，我們弄了張搜索狀進去過。」

「找到什麼嗎？」

「什麼也沒有。」

「怎麼會什麼也沒有？」

「什麼也沒有。就是什麼也沒有，裡面只有幾件衣服、一大堆髒盤子，多的是家管欠佳的證據，一園子的雜草、一個鋤頭、一把鏟子，沒有少任何地毯。」

「沒有血跡？」

「沒有血跡。」

「你怎麼知道沒有少任何地毯？」

「房子出租是傢俱齊全的，我們找到經紀人，他把清單拿來對，沒有缺少任何地毯，韋太太是失蹤了，韋先生也失蹤了，當然林太太說了很多謀殺的故事，唯一的缺點是，我們找不到屍體。」

白莎和我交換著眼神。

「所以，」宓善樓警官接下去說：「現在輪到你們來告訴我，你們怎麼會混進這件事裡面去，知道這件事的？」

「我為一個客戶，找這位失蹤的女人。」我說。

「少來這一套神秘兮兮的說詞。」善樓說：「客戶是誰？」

白莎說：「我來告訴你，善樓，那傢伙也不能算是我們客戶，他只是個低級、騙人的——」

「客戶。」我打斷白莎的話。

「又如何？」白莎說：「以前是，現在不是了。」

「唐諾，這是件謀殺案，你也別忘了。」善樓提示我們。

「你怎會知道這是件謀殺案？」我問。

「我就是想找出來。」

「你再找到點確切的證據，再回來這裡我就告訴你。」

「我要在這裡，而且現在——找點確切的證據。」

「絕對不是從我們這裡，善樓，我們告訴過你。」

「刑事案子，私家偵探應該自動和警方合作的。」他說。

白莎說：「他的名字叫高勞頓，他要我們找韋太太。」

「這才像話。」宓警官說：「地址？白莎，地址。」

「大德飯店。」

「再來點消息，白莎。」

白莎說：「一千元的工作，他只給了一張聖安東尼奧一百五十元的銀行支票，他是個大刮皮。」

善樓說：「還是我們白莎，天生和藹可親，那傢伙外觀如何？」

「看起來就像德克薩斯州。」

善樓看著我，說道：「你打電話給我的時候，電話裡好像有一大堆騷動。」

白莎說：「是有。」

善樓繼續看著我：「怎麼回事，唐諾？」

「姓高的不要我們報警。」我說。

白莎說：「他把電話線拉斷了。」

「為什麼？」善樓問。

我說：「問白莎，白莎比較多嘴，照我看，那傢伙是我們的客戶，客戶的一切都是不可公開的。」

白莎說：「他的興趣不在揭發一件罪行，他的目的是簽份合同或什麼的，他要我們找到這個活人。」

「即使是謀殺案，他都不在乎？」

「一點也不在乎。」

「有照片嗎？」善樓問。

「誰的照片？」白莎問。

「少來。」善樓說：「當然是那小蹄子的。」

我看向白莎，白莎在猶豫。

「有沒有？」善樓說。

「你不能告訴別人。」白莎說：「這是我個人從聖般納地諾挖出來的，我挖到一張照片，不過我們要這件事完全不洩漏出去，我希望你不要——」

「好了，好了。」善樓不耐地打斷她的話：「拿出來！其他的以後再說。」

白莎打開抽屜，把從聖般納地諾弄來的剪報交出來。

善樓很快地把剪報上新聞瀏覽了一遍，再細看那女人的照片。「這騷蹄子會對唐諾口味的。」他說。

「已經在動腦筋了。」白莎說。

「我倒認為要見到本人再決定。」我說。

善樓說：「我知道你去過稅捐單位查過那塊地產？」

白莎沒開口。

「那塊地出產什麼？」善樓說。

「石頭。」

電話鈴響。

柯白莎拿起話機，說：「哈囉……什麼人？……是的，他在這裡。」她把手握住話筒說：「找你的，善樓，接不接？」

「當然。」宓警官說：「唯一知道我在這裡的是在韋家站崗的人，多半韋君來回家了，我要去和他攤牌。」他把電話自白莎手中接過，說：「嗯，是善樓……什麼時候……還在？……好。把那地方封起來，必要時可以用強，但一定封起來，我現在動身過來。」他把話筒向電話上一摔，用頭向我一甩：「小不點兒，跟我走。」

「去哪裡？」我問。

「跟我走。」

「去韋家？」

「是呀。」

「他回來了？」我問。

「是你把我拖進去的。」善樓說：「現在我要叫你用白莎一直在讚美的腦子，把我拖出來，把剪報帶到，我們走。」

「我們不要剪報離開辦公室。」白莎說：「這是私人的——」

善樓用冷冷的眼神阻止她說下去：「唐諾不帶，就由我來帶。」

白莎思考了半秒鐘：「那由唐諾帶著好了。」

「我就知道。」善樓告訴她：「唐諾，走吧。」

宓警官的車就停在大廈門口，我們一路沒有用警笛或閃光，但是他也沒太注意交通規則，只是開車而已。

「告訴我，出了什麼事？」我說。

「我接到一個電話。」他告訴我。

「這我知道。」我說：「電話裡說些什麼？」

「我們要去那裡看一下。」

「韋先生回來了？」

「我告訴你要去看一下。」

我知道再逼他也不見得有用，我閉上嘴，從已知數來想可能已發生什麼事，我想到他曾堅持要我把剪報帶在身上，有一個可能性使我非常不安——莫非報上人回來了？

我們下了公路，在小路上行駛了四五哩，轉入霜都路。快到門口，有輛車停在路旁，宓警官把車停在他車旁。

「還在裡面？」善樓問坐在那車子裡的人。

那人點點頭。

「好。」善樓說：「可以放鬆點了，留在這裡，不要離開。把無線電打開，有事我會用警用頻道找你。」

善樓又開車直奔向前，停在韋來門口。「下車，唐諾。」他說。

我跟著他走向房子，善樓伸手按門鈴。

開門的是個穿了緊身內衣，短裙子的漂亮小蹄子，她有紅頭髮，藍眼珠，身材像漫畫書中的甜寶貝。

「哈囉。」她說：「兩位男士有什麼貴幹？推銷雜誌？示範吸塵器？還是頭刷？你們要原諒我服裝不整，我在大掃除，幾天不在家，每個杯子、盤子都是髒的，澡盆上一圈黑垢……我是個小忙人呀。」

善樓把衣領翻一翻，給她看別在裡面的警徽。「警察。」他說。

「喔，喔。我做錯什麼了嗎？」

「你做過什麼啦？」

她厚顏、含笑地承認道：「幾乎什麼都做過。」

「告訴我們一點。」

「要進來，還是就站在那裡？我兩手泡在洗碗水裡，還沒有完，假如你們要久談，我要去洗洗手，給手擦點乳液，這年頭，女人的手一定要好好保護。」

「看你樣子，每個地方都保護得不錯。」

「我希望如此。」她說：「進來吧。」

我們走進那小房子的客廳，客廳仍可聞到陳舊的菸草味，菸灰缸已清理過，廚房裡可以看到才洗的乾淨盤子在桌子上，還有待洗的在水槽裡。

她走進臥室時，嘴裡哼著小調，出來時身上有擦手用乳液的香味。「好了，男士們，要什麼就說吧。」

「你是韋君來太太？」

「是的。」

「叫什麼名字？」

「亦鳳。」

「去哪裡了？」善樓問。

「不少地方。」

「為什麼離開？」

「公事嗎？」

「可以這樣說。老百姓付我薪水，不是叫我和漂亮的紅頭髮討論失去的週末的。」

「真可惜，」她告訴他：「看來你對紅頭髮一定滿內行的。」

「我是滿內行的。」善樓說：「但是目前我們在問你週末去哪裡了？」

「好，」她厭煩的說：「我丈夫和我吵了一架。他一切都好，只是脾氣太臭，而我也沒辦法，常引起他不高興。只要他生氣，總是離家出走。他拿起毯子，拋進汽車，開出去在星光下睡上一個小時，或是兩小時就冷下來了。但有時他會出走一個星期。上個週末我們吵架，他像以前一樣，在肩上扛條毯子就出去了。這次我自己也生氣了，我等他走了之後，立即決定，他回來時，我不會在家。」

「我甚至懶得整理箱子。我拿了牙刷、內衣，和一罐面霜就走了。」

「你當然需要交通工具？」

「我用兩條腿。」

「走到巴士站？」

「最後一班巴士已經過了。我走到大路。」

「之後呢？」

「我搭便車。」

「像你這樣漂亮的小姐，半夜搭便車，不很危險嗎？」

「這要看你怎樣算是危險。第一輛過來的車，開車的和他太太在一起，他差點把脖子扭斷了，但最後沒有停車。第二輛車有兩個男人在一起，他們煞車煞得橡皮都燒焦了。」

「之後呢？」善樓問。

「你們兩位貴姓呀？」她問。

「我是宓警官，這位是賴唐諾。」

「你叫什麼名字呢？」

「善樓。」

她眼睛在笑，但是她說：「善樓，那車搭得真可怕！你知道這兩位仁兄想做什麼？不說也罷！假如兩位已經都弄清楚了，我要急著繼續去洗盤子了。」

「你今天早上回來的？」

「是的。」

「為什麼？」

「我野夠了。我認為報復君來已經夠了。我認為可以回來做個好太太，洗洗盤子了。」

「他年齡比你大？」

「是的。」

「你們處得不太好？」

「有時候不好。」

善樓看看我。

「你看中他什麼？」我問。

「有時我自己也問自己這個問題。」

「你們兩個什麼時間，在什麼地方結的婚？」

她向我上下看看，然後說：「你不必用這種問題來問我。」

「這還是一個很好的問題呀。」善樓指出給她聽。

「以我來說，這是一個獎金最高的問題。要你自己來尋求答案的。我要去洗盤子了。」

她站起來，走向廚房，她的臀部擺動得誇張了一點，她又加了些熱水進洗槽。「哪一位願意幫我擦乾盤子？」

善樓走過去，靠在門框上。「你先生現在在哪裡？」他問。

她笑著說：「依照隔鄰的長舌太太，他突然離開了。我想，他等我等煩了。所以我要把這裡整理好，做個好太太，等他回來。假如他回來，我們會互相原諒，快樂生活到下一次發作。假如他不回來，我會等到房租到期，把這地方弄乾淨，交給下一位房客。老天！男人真會蹧蹋清潔，把這地方弄得這樣邋遢。」

她忙著把洗好的盤子放進盤架上，用滾燙的沸水向上一澆，說道：「擦碗布在牆上釘子上。」

「我不行。」善樓告訴她：「有人會批評我行為不像個官員，把我趕出警界的。」

「把布拿下來交給我，不犯法吧？」她說：「我兩手都是濕的，不想滴得地上都是水。」

善樓走過去，拿到那塊布說：「放哪裡？」

「放我肩上。」

她聳動肩頭，挑逗地看向他，大笑著。

善樓讓布落下，停在她肩上。

「把它摺一下，不要滑下去了。」

他把它摺一下。

「謝謝。」她告訴他：「你要再有點耐心多好。」

「算了，」善樓說：「我們要走了。唐諾，我看看剪報。」

我把剪報給善樓。

「那是什麼？」韋太太從洗槽抬起頭來，問著。

「只是對一下。」善樓說。

「喔！我知道了。那是聖般納地諾的照片。」

「你為什麼從來沒拍過電影？」善樓問她。

「沒人請我呀。」她說：「報上多來幾張照片就有希望了。」

「這是你離家的原因？」善樓問：「是不是？」

她笑了，轉身用屁股向他屁股撞一下。「你們二位真會問怪裡怪氣的問題。」她說：「為什麼不多走兩步去問長舌太太呢？我知道你們兩位急著要去問她，而她也伸長了鴨脖子，就是想知道這裡發生了什麼事。」

善樓嘆口氣，把剪報交回給我，一言不發走向門口。

「有空可以再來玩。」韋太太說。

我們走出門，走下階梯。

「真混帳，」善樓說：「是你把我拖下水的，唐諾。」

「拖進什麼地方？」

「說是謀殺案，而後屍體活著回來，而且活得很好。」

「林太太是始作俑者。」我告訴他。

「對我來說她不是，她沒『作』到我頭上來。」善樓說：「無論如何，我們還是要找她談談。」

這次，我們連門都不必敲。林太太也不偽裝她曾經注意我們在隔鄰，也不偽裝她在等著我們。我們一走上門廳，她就把門打開了。

「早安，早安。」她說：「請進來，我想知道那邊發生了什麼事情，都『想』死了！」

善樓站在門口。「只有一個問題。」他說：「你見到那邊那個女人了？」

「是的。」

「那是不是韋太太？」

「是的。」她說。

「那是你認為被謀殺了的人？」

「為什麼？你怎麼能這樣講？我沒有說我想她被殺死了。我說有的情況很引人起疑。我聽到吵架，我聽到她大叫，我也見到那男人帶了什麼東西。」

「哪一種『什麼東西』？」

「從我現在知道，那不過是兩條毯子。」

「你早先說法是一條毯子捲了一個屍體。」善樓說：「很重，還會甩動……」

「但是，別人帶著的東西，是輕是重，我怎麼會清楚呢？」她說。

「從他走路的樣子，應該分辨得出帶的東西是輕是重？」

「我——當然，那是晚上。我只告訴你我的想法，警官。如此而已。我只是盡我公民的責任。」

「你告訴我，你聽到一聲重擊？」我問。

「我說過的話又如何？」

「我只是對一下。」

「這當然無足輕重。每個人都可以打太太。但是我沒有說我聽到重擊的聲音。我說，我聽到一個聲音，很可能是打擊的聲音。」

「你有沒有和韋太太談起這件事？」善樓問。

「沒有，我沒有。你要是不把我連名帶姓牽進去，我就謝謝你。」

「是的，我想你現在應該這樣說了。」

「在那邊的，沒有問題一定是韋太太嗎？」我問：「就是那一個——？」

「你想我會弄錯這個女人嗎？」林太太問。

「好了，我想這就結了。」善樓說：「賴，我們走吧。」

我們開始走回善樓的車子。林太太站在門口說：「我相信你們會把我置身事外的。」

善樓根本懶得回頭望或回答。

「好了，聰明人，」我們進車的時候他說：「你把我拖進去的，現在怎樣才能把我拖出來？」

「沒錯，是我拖你進去的。但沒有什麼需要拖出來呀，人沒有死，不就很好，沒有事了。」

「沒有事了?」他說:「報告一個虛有的謀殺案。因為一個長舌婦的謠言,掀起軒然大波,然後死人回家了。」

「而且活得好好的。」我說。

「沒錯,而且活得好好的。」善樓說:「但是我怎麼辦?我二十四小時三班制叫部下看守這個地方,我把這地區封起來,只要韋君來出現就要他好看。這些都要寫報告的。我的臉往哪裡放?」

「你既然已經兩隻腳都濕了,被我拖下水那麼深了。」我說:「倒不如乾脆再繼續把這地方封住。姓韋的一出現,好好的問他一下。」

「問什麼?」善樓不屑地問我:「問他為什麼和老婆吵架?」

宓警官一把抓出嘴裡半截濕透了的雪茄,向地上一摔,又說:「下次你再要打電話給我說要報警,我聽一半掛你電話,你別難過。」

「下次我要知道什麼謀殺案的線索,」我說:「我忘了給你報案,你也別難過。」

他小心地看看我,生氣地說:「你這渾蛋東西,你是在用我的話,封住我的嘴,做將來欺騙我的依據。去你的!現在的問題是你有沒有辦法,把這件事變成不是笑柄？」

「是有個辦法？」

「好呀！說說看。」

「結案前我們對姓高的德州佬再多瞭解一點。」我告訴他：「我覺得姓韋的溜走，是高勞頓暗中通知的。」

「有一點你給我特別注意，唐諾。」善樓說：「我是兇殺組的人，兇殺組！老兄。不要弄了半天變出一個詐欺案來，我更下不了台。」

「你不會不見屍體就不辦案吧？」

他說：「我現在需要一個屍體，你有嗎？」

「還沒有。」

「有概念嗎？」

「有一半。」

他悲傷地說：「你的想像力比我豐富得多。你最好把你一半的概念快快培養起來，真有了結果，不要忘記告訴我。」

第七章 韋君來的首任妻子

星期五的早上，藍藍的天，溫暖的陽光，遠山戴了潔白的雪帽，空氣中有綠草的芳香，正是南加州美好的時光。

我在我常去的餐廳用早餐：軟煮的蛋、咖啡、吐司和橘子果醬。

我再查人口移動登記。韋君來和白莉莉是有婚姻紀錄但是沒有離婚。白莉莉有一個薩克拉曼多市的地址，我把地址抄下來，找一本薩克拉曼多的電話簿，在姓白的底下找到白戈登太太，她的地址和白莉莉的相同。

我打了一個叫號長途電話給這個地址。

「莉莉在不在？」我問。

「她出去了，半個小時會回來。要告訴她什麼嗎？」一個女人聲音說。

「沒關係，我等一下再找她。」我把電話掛斷。

開支」。

我記下這個電話花了多少錢，把它列在我記事本特別的一頁，列為「未定開支」。

我打電話到旅行社，查到四十七分鐘後就有飛機直飛薩克拉曼多。我訂了位，爬上公司車直開機場。我希望能在登機前通知白莎，但是到達機場時已經在最後一次呼叫登機了。我匆匆辦好手續，登機，坐定，把安全帶扣上，想到可憐柯白莎的血壓，不知要升高到什麼程度——一整天不知我到哪裡去了。現在差別也不多了——即使我從薩克拉曼多打長途電話給她，血壓也會升高。所以我乾脆安心休息。

飛機引擎固定節拍的隆隆聲，通常使我很容易入睡，但這次不行。我把椅背向後，閉上眼睛，但腦子裡不斷在轉動，我乾脆把椅背豎直，看向窗外。

沿了山脊開闢的老公路，彎彎曲曲向前伸展。佛烈則山和鋸木廠山在我們左側，不久就通過了聖荷昆山谷。

因為這螺旋槳飛機飛得不高，我能看到公路像條白線，上面的汽車像玩具極慢地在移動。右側內華達州峰巒起伏的山嶺上，莊嚴地蓋著白色雪帽，背後襯托的是藍藍的青天。

我坐在那裡，兩眼盯著窗外，腦子像引擎一樣無法停止。這件事應該在哪個關口有個合理的解釋。我自己有數，目前的行動有點捕風捉影。這種開支白莎能認帳嗎？她不氣炸才怪。

空中小姐送上簡單午餐，我食而不知其味。

薩克拉曼多下機，我租了輛車，開車去白家。

這是一幢典型的舊式薩克拉曼多房子，看到它令人想到舊日的加利福尼亞州。房子是很高的二層建築，天花板很高，窗是長長的，裡面有通風的木製百葉窗，外面是高高有蔭的大樹。這些樹遠在汽車發明之前，早已種植在那裡了。

我走上已開始風化的木製階梯，按向門鈴。一位灰髮銳眼的女士出現在門口。

「韋太太是不是住在這裡？」我問。

「是的。」

「請問你是不是白太太？」

「是的。」

「我希望能見一下韋太太。」

「有什麼事？」

我做出微笑的表情說：「是私人的事。雖然和她婚姻有關，但我不會打擾到她。我還希望你坐在旁邊聽我和她說話，白太太。我相信你還可給我們幫忙。」

「你叫什麼名字？」

「賴唐諾。」

「你是不是早上打長途電話找莉莉的人？」

「是的。」

「為什麼？」

「看她在不在家。」

「為什麼？」

「我不要老遠花時間、花錢趕來撲個空。」

「你是幹什麼的？」

「我是個偵探——私家偵探。」

「你在調查什麼？」

「我想知道第二個韋太太出什麼事了。」

「第二個韋太太？」

「是的。」

「但是沒有什麼第二個韋太太呀。」

「我也許有些故事，你們會喜歡知道的。」

「請進來。」

我跟隨她經過一個相當大的玄關，來到很大的客廳。天花板很高，窗子長長的，望出去是陰涼的園子。這時候天氣還不太熱，相信在炎熱的時候，這種設計是非常合用的。「請坐，」她說：「我去叫我女兒。」

她離開房間，一分鐘之內，她帶著她褐色膚髮、眼帶倦態的女兒進入客廳。她女兒兩肩沒有精神地下垂，嘴角看起來就像她的肩頭。對她來說，生活好像不太有興趣似的，也許已經好久沒有意見，沒有脾氣了。

「這是我女兒韋莉莉。」白太太說。

「我的名字是賴唐諾，」我告訴她：「我是一個偵探。我專誠來請你回答幾個問題。」

「有關君來？」

「是的。」

「是私家偵探。」白太太趕快聲明道。

「我看也不見得有什麼差別。」莉莉說。

「他離開了，我女兒才從迷夢，錯誤中醒過來。」白太太解釋說。

「有小孩子嗎？」我問。

「兩個。」莉莉說。

「多大了？」

「五歲、七歲。」

「莉莉一直身體不好。」白太太說：「我們統統要怪那傢伙的態度，他毀滅了我女兒的健康。」

「你有工作嗎？」我問白莉莉。

「做做停停。」她媽媽代她回答：「但是她沒辦法一個地方做久。她身體狀況不行，而我也不太好。這裡只有我和她兩個人來照顧小孩。」

「他們父親付不付生活費？」

「可以說有，也可以說沒有，」白太太說：「我們有個困難。我們不作興離婚。君來提過好多次，五年來他一直在爭他所謂的自由。他說要是莉莉同意離婚，他可以做合理的財產分割。這傢伙已經壞到骨子裡去了，但是莉莉不同意離婚。」

我點點頭。

「當然，假如我們正式辦妥離婚手續，我們可以叫他付贍養費。萬一他不付，我們還可以告他，請他吃官司。但是目前情況下，我們能威脅他，我們沒錢養孩子了。壓力大了，他就給點錢。從莉莉離開他到現在，一直是如此。她必須要勉強維持小孩不過分委屈，另一方面不斷試著對韋君來加壓力，他每次總要到山窮水盡才會弄點錢出來。要有人說精神戰的話，韋君來這畜牲絕對是專家。」

「你知道他做什麼工作嗎？」

「我一點概念也沒有。可能什麼工作也沒有。他是我一生中見到最懶的男人。」

「為了孩子，你們兩位要找他的時候，用什麼方法找？」

「有一個地址，早晚他一定會收到信。那就是他弟弟的地址，韋嘉棟醫生。」

「看病的？」我問。

「牙科醫生。」她說：「他在洛杉磯有個診所。」

我沒說話。

她說下去：「君來常和韋醫生有聯絡，但是只有家裡人知道他們是親兄弟。嘉棟對君來的行為由衷嫌棄，引以為恥。嘉棟各方面看來都是個君子。假如沒有嘉棟，君來根本不會管小孩的死活。我們請嘉棟轉交的信，嘉棟早晚會知道君來哪裡去了，轉到他手上。」

莉莉說：「從你找到這裡，我看他又有麻煩了，嚴重嗎？」

我給她一個保證的笑容。「我只是來查一查。」我說：「請問你認不認識一位叫亦鳳的女人。紅頭髮，廿三歲或廿六歲，好身材，一百一十磅左右？」

「我以前也有好身材。」莉莉渴望地說：「君來專找好的身材。我真不知道他怎麼找得到的。他真要給人好感時，他會做到的。但是最能吸引女人的，還是他的與眾不同。」

「我們不認識什麼亦鳳。」白太太說。

「等一下，」莉莉說：「你記得在波班克，住我們對街的馬亦鳳嗎？我一直對這女人懷疑。君來時常開車送她回家。他經常說開車回來碰見她自巴士下來，順路送她回家。」

「是的，」白太太不能肯定地說：「馬亦鳳很像他說的樣子。而且我來看你的時候，也看到他對她很慇懃。我認為——」

「韋先生沒有再結婚？」我問。

莉莉強調地搖頭說：「我不肯離婚。」

「他不能再結婚。」白太太說。

「對那姓馬的女人，你們知道些什麼？」我問。

「據我看，她是一個性急的娼婦，從來不放過眼前任何一個男人。」莉莉有感地說：「當她一看中君來，君來當然一拍即合，一分鐘也沒有浪費。」

「你知不知道她現在在哪裡？」

她搖搖頭。

「不過她住在波班克？」

「是的。」

「你住那裡時的地址，能告訴我嗎？」我問。

「地址我要看了才行。」她說：「我應該還記得的。正在我們決定要分開之前，我們在那裡住了四個月——這是君來的另外一個特性。他沒常性，不斷搬來搬去，工作也是換來換去。」

「我還有一封你給我的信，上面有地址。」白太太說：「我去替賴先生拿來。」她快步走出去，沒多久就帶了個信封回來交給我。

「這是我女兒來信的信封，你不必抄了，連信封拿去好了。回信地址就是你要的地址。馬亦鳳就住斜對面四五家的樣子。」

「和她兩老住一起？」

「和她媽媽住一起，她們兩個人都工作。亦鳳據我聽到的只是那一帶的賤貨。但是她漂亮，大膽到無恥了。」

「她有好身材。」莉莉說。

「謝謝，」我說：「我可能會回來，我在查一筆地產。」

「不必安慰我們，」莉莉說：「我知道他出了錯了，我就怕他有一天會坐牢，我現在知道這日子不遠了。」

「他有來看過孩子嗎？」

白太太把嘴唇一抿，冷冷地說：「每次情況快要好一點，他就回來看小孩攪和一下，他就希望有一天莉莉不再歡迎他，不准他見小孩，他可以告莉莉精神虐待——其實不見得有什麼用。莉莉有他太多證據，他可能獲准離婚，只是他也許不太知道，你應該看看我女兒在他的東西裡找到的信件。十幾個不同女人的來信，真是無恥到極點，我不相信女人會寫這一類的信。」

「君來常叫她們寫，」莉莉說：「對他自大有幫助，滿足他的虛榮心。」

「萬一他回來看孩子，不要告訴他我來過，我希望靜靜的調查這件事。」

「可以。」白太太說：「我們知道了。」

莉莉用無力的手和我握手，給了我一個半死不活的微笑。白太太送我到門口，「女孩子的一生就這樣斷送，太可怕了。」她說：「莉莉最恐懼的是君來會去坐牢，他若不來，她告訴她孩子，他死了，別人也見不到他。」

「小孩子最無知了，他們天生會揶揄別的小孩，他若去坐牢，對小孩是個悲劇。」

「我會把我在做的事，儘量保密。」我告訴她。

我坐進我租來的車子，仔細想著。

我找了一本當地的電話簿，在姓董的名下看看，會不會找到福阿侖舅舅遺產的第二繼承權人——住在本市的董露西。這一次運氣跟著我，地址、電話號碼都在她姓名之下。

我問清路直接開去，是一個小的公寓房子，經理告訴我董露西替州政府做事，她不知道什麼部門，她說她五點十五分多半可以回來。經理是個絮聒的女人，太希望有人和她聊天了。我反正閒著無事，就坐下來伴她嗑牙，她給了我一罐啤酒，於是我們說東說西，最後我把話題回到露西的時候，她已經是知無不言了。

露西住這裡已經五年了，她不喜歡改變日常生活，十分自重，別人也喜歡她。她不談家裡的事，但顯然是沒有結過婚，她五呎三寸高，一百一十磅，褐色眼珠，黑頭髮，眉毛及睫毛都是很濃的。

女經理自己大概四十五歲，認為露西應該是二十六、七歲。她說露西個性純良，有很多朋友，但她習慣於不要別人管她的事，她有好工作，按時付房租。

經理要再給我開啤酒，我堅持心領，於是她開始套我，問我是做什麼的，對露西為什麼發生興趣。

我告訴她我在東部有位朋友，住薩克拉曼多時認識露西，朋友告訴我到這裡來一定要打個電話給露西。他說她是個淑女，是個好朋友，從不生氣，總是高高興興。

「沒錯，這就是露西。」經理說。

我在五點差一刻告別女經理，她告訴我露西工作的地址，告訴我假如我願意等候，她可以給我介紹，但是我沒有同意她。

我把租來的車開到街角，找了個路邊把車停下。把車門開著，自己站在人行道上等著。

從女經理那裡得來的描述，要認出董露西沒有什麼困難。她走過來的時候，我把帽子舉起。

「董小姐？」

她突然停住，兩眼看著我臉，垂下去看我鞋子，又向上看我的臉。

「什麼事？」她問。

「我想和你談一談。」

她向我移開了一點：「有關什麼？」

「有關韋君來。」

她臉上一點反應也沒有。

「和你的舅舅，福阿侖，有點消息最好你能知道。」

這下對頭了，她舉步正要離開，停在半空中。兩眼冷冷的，平視著看我。

「因公？因私？還是好奇而已？」她問。

「讓我們說三種理由都有一點，我是個偵探。」

「給我看看證明文件。」

「私家偵探。」我說。

「噢。」她說。

又離開我遠了一點。

「也許，」我說：「我可以把公事要問的儘量少問，假如我們能私下談談。」

「你聽著，」她說：「我從來不在馬路上和人聊天，也不會坐到不認識人的車裡去，車門開得這麼大，一點用處也沒有。你有什麼要說的，一次說出來。我可不保證有什麼可以告訴你的。」

我說：「你舅舅福阿侖在聖般納地諾郡有一塊土地。他死了，把這塊地遺贈給了馬亦鳳。」

「怎麼樣？」

「馬亦鳳自己說和韋君來結婚了，假如有婚禮，是個重婚罪。」

「又怎麼樣？」她問：「重婚在世界上多得是。」

「你不要保護亦鳳？」

「為什麼要？」

「她是你的表姊妹，是嗎？」

「我們是親戚，但是我一輩子從來沒見過她。」

「算我搞錯了。」我告訴她：「我在查一件事，我走進了牛角尖。我盡可能在查，以為你能幫我點忙。」

「你怎麼走進牛角尖去了？」她問。

「說來話長。」

「你怎麼找到我的？」她問。

「我去你住的地方。經理很熱心，她向我形容你的樣子。」

「你找我為什麼？」

「要和你談談。」

「我說過，我從不和陌生人在街角聊天，不論你用什麼理由。」

「那我們回你公寓去，由經理給我們介紹，她一再保證她願意替我們介紹的。」

「那不行，她對你認識不清，都是你自我介紹的結果。」

我說：「這是汽車鑰匙，你可以坐到駕駛座上，我坐在右側，這樣不可能有人綁你票。」

突然她大笑：「我覺得你是個好人，我看是你在怕我，不是我在怕你。」

我告訴她：「我以為你需要一些安全感，才給你鑰匙。」

「那就給我。」

我把鑰匙交給她。

我幫她坐在方向盤後面，自己坐在她右側。把車門關上。

她把鑰匙插進匙孔，發動引擎，看看我給她的鑰匙是否真是這部車的鑰匙，把引擎熄火，取出鑰匙，向皮包裡一丟。

「好了，有什麼要說的，說吧。」

我說：「我的名字叫賴唐諾，這是我的名片。」

她看看名片：「柯氏是什麼人？」

「信不信由你，柯賴二氏的柯氏，是柯白莎。」

「真新鮮！」她說。

「你見一次柯白莎就不會這樣說。」

「年長的？」

「年長的，重的，粗的，不好對付的。」

「怎麼會和她合夥的？」

「小孩沒娘，說來話長。」

「你找我有什麼事？」

「幾天之前，有人要我調查一個叫韋君來的人——一個客戶要找韋君來的太太。我去找韋君來，他說他和他太太吵了一架，他太太出走了，他認為她和別的男人私奔了。」

「講下去。」她說。

我說：「邊上住的人半夜聽到聲音，聽到吵架，聽到叫喊聲，聽到一下打擊聲，而後是什麼聲音都沒有。等了一下，姓韋的出門，在肩上扛著一件東西。據說有點像屍體包在地毯或毛毯裡，他把這東西放進車裡，帶了鏟子和鋤頭開車離開，那已是午夜以後，他在兩小時四十五分鐘之後回來。」

她坐在那裡用眼角看我，又看看前面：「還有什麼嗎？」

「現在困難的部分來了，我們的客戶不願給我們足夠的錢繼續調查，我好像看到有個太太被丈夫謀殺了，我告訴一位在警方服務的朋友請他幫忙。他介入，和鄰居一談，也認為有人被謀殺了，韋先生也溜了，警方在他們住的地方二十四小時守候，等那丈夫回來。

「那丈夫沒有回來，但是所謂的太太倒回來了。她活得快快樂樂好好的，她有雙大而無辜的眼，會搖擺的臀部。警官的眼睛紅了，我的眼睛也紅了。

「但是我總覺得故事不完整，我要完整的故事。」

她問：「所以你到這裡來看我？」

「不是的，我來這裡是看姓韋的大太太——合法太太，尚未離婚的太太。我想她會幫我點忙，她真給了我一點線索，她認為那第二個太太叫馬亦鳳，是他們住波班克時認識的，我相信這一點是對的。

「你的舅舅才剛死不久，他把聖般納地諾郡一塊地產留給外甥女馬亦鳳。

報社記者找到了她，她是韋君來太太。她能接受這份土地，外加一萬五千元現鈔——假如她沒有比她舅舅先死。要是她死在舅舅之前，這土塊和錢歸你所有，因為你是另一位外甥女。我在想，你也許知道什麼？」

「還有什麼嗎？」她問。

「大概就是這一些了。」

「這裡完了，你要去哪裡？」

「回洛杉磯。」

「你是公費開支，否則你不會跑那麼遠，租輛車來找人。」她打開皮包，伸手進去摸到鑰匙拿出來，放進匙孔，把皮包闔上，又把皮包放到她身旁車座上。說道：「既然有人出錢，唐諾。我要你現在帶我出去吃晚飯，而且你可以叫我露西。」

「突然，我變成肉票了。」我說。

「要報警？」

「還不到時候。」

「也許以後你真的有需要。」她把車慢慢開離路邊。

「你在想什麼？」

「我想，」她說：「我有點事要告訴你，但是我要先多瞭解你一點，才能決定要不要告訴你。瞭解一個男人的最好方法是陪他吃飯，伴他跳舞，看他用什麼方法來動你腦筋。」

「假如他不動你腦筋呢？」

「看看他是假裝的、沒有能力，還是沒有經驗。」

「都不是呢？」

「記在總帳上，將來再依女孩子對他的感覺結帳。」

「好，」我說：「現在是我在賊船上了，我們去哪裡？」

「去一家餐廳，飯前有雞尾酒，飯後可以跳舞。」

「你要不要先回公寓去換件衣服？」

「我想去，但是不要去，那經理有個大耳朵、大眼睛，顯然她的嘴巴也不小。」

我說：「她會把二加二，最後還是會答出四來的。」

「不會，我回去的時候她會告訴我你來過，她認為你是出去找我去了。在她問我有沒有見到你之前，我會先要她形容你，問你長成什麼長相，為人好不好。我從不對人說謊，但是我會讓她忙著講話，我又可再看看別的女人對你的看法。」

「你們女人！」我說。

「女人有什麼不好？」

我向座位一靠，她熟練地開著車。

我把眼睛一閉。

「那麼早就睏了？」

「我在集中精力。」

「做什麼？」她問。

「倉促應試。」

她大笑出聲，笑得那麼好聽，使我不得不再看她一下，重新把情況再衡量一次。她是很美，但不是未經世面的。她根本沒有怕我，我覺出我在向她說故事時，她已設計好，用什麼戰術來對付我了。

我們來到一個相當豪華的餐廳，餐廳裡人少得可憐，但是雞尾酒廊裡充滿了客人。我們進去，侍者來時，她要了曼哈頓。

我也要了曼哈頓。

十五分鐘後，我們各要了第二杯曼哈頓，二十分鐘後，又各要了第三杯。

酒精對她起了點作用，也對我起了點作用。我可以看到她眼睛在發光，雙頰稍有泛紅。她活潑愉快，但是能很小心地控制自己。

「你是不是，」我問：「想把我灌醉了？」

「我要讓你多告訴我一點東西。」

「知無不言，我們什麼時候吃飯？」

「現在，怎麼樣？」

她吃東西一點也沒不好意思，她要一塊最大的牛排，五分熟，烤洋芋、鱷梨沙拉和咖啡。

我點和她相同的。

餐廳裡有個自動點唱機，我們跳了次舞，她很能跳舞，我盡我的膽量抱她近身，她不時看我一眼打量我，我知道她仍在試探，仍在看下一步應如何進行。

我們吃了甜點及一點飯後酒。我想到假如不說謊，白莎見到這張發票的模樣，我心裡有點發抖。

我們又喝了點飯後酒，我決定這次飯局自掏腰包。

我們離開那地方，門僮把車帶到我們面前時，露西一下鑽到方向盤後，她把裙子拉到膝蓋以上的位置，假裝這樣她開車方便點。她的腿非常美麗，她駕著車向前走，有如一條魚在山澗中游，她經過一座橋，離開路面，走上條泥路，前行了數百碼，右轉來到樹蔭下，一處水邊可停車的位置。可能是條河、湖或是水庫上源。我以後都沒能知道。那天有月光，月光照在水上閃閃發光。

她把引擎關閉，靠後休息。

有一段時間除了引擎冷下時的壅塞聲外，全世界都是寂靜的，然後一隻大膽的青蛙開始哇哇叫，其他青蛙一起跟著起鬨，於是晚上又熱鬧起來。

她在座位上蠕動著，自駕駛座扭出來坐在我身旁，把頭靠在座墊背上，把面頰靠我肩上。雙目微閉，月光流瀉在她美好的曲線上，裙襬還在膝上四吋的位置。

我把手伸到她頸下，吻了她。

雖然是我主動的，但也可以說是她把我帶到這個情人巷來。她反應也很激烈，我反而奇怪這一切是為了什麼。她到底想要如何，我腦子又失去了邏輯。

她坐我身旁，頭向後枕靠在椅背上，但頭彎著，全部力量靠我肩上，我們兩個都目注前方，我什麼也沒想，享受著目前的境況，我不知道她在享受還是在研究下一步當如何。

我們一坐坐了十分、十五分鐘，看著水上的月光，感覺安靜溫暖的黑夜，聽水旁夜晚的各種聲音。

我看看她，她看看我，我又想吻她。

她把我推開，突然坐回方向盤後，我向她靠過去，她用右手把我推開，用左手轉動鑰匙點火，把車退出。

「露西？」我輕聲地說。

「是的，唐諾。」她回答，又溫和地說：「這等於告訴你。」

「告訴我什麼？」

「你在想，我要你做什麼？可以進行到什麼程度？現在等於告訴你，到此為止。」

「你要到此為止？」

「我們兩個都要到此為止，唐諾，你是好人，不要變壞了。」

月光自擋風玻璃照進車來，她雙唇微張，呼吸部分用嘴，雙眼張大有力，她已決心開車快快離開這一帶，她開過那段泥路，已盡最快的可能。一上到有路面的路時，立即用全速，經過小橋又重入市區的擁擠交通情況，車速至此才降低，她全身的緊張才稍稍鬆弛，我知道她用眼角看了我好多次。

她一路不說一句話，我也一句話不說，她開進回她家的街道，沿路慢行，直到車子停在她公寓門口，她關引擎，熄燈。

「我能去你公寓嗎？」我問。

「不能！」

我坐在車座中，不說話。

她說：「你考試及格了，甲等，你要什麼，唐諾？」

「你知道的我都要。」

「唐諾。」她說：「我真的不知道我能不能幫你的忙，我們家屬從來沒有過鈔票，只有一位阿侖舅舅，他跑到德州去，在那裡弄了一點當時一毛不值的地產，反正賣不出去就留著，他住在簡陋的違建小屋裡，養一點牛，勉強活著。突然，你知道怎麼回事，它們出油了，他變得很有錢。他太太早死了，他是個寂寞的老人，他來到加州，我是他唯一尚有聯繫的親戚，我帶他多看看薩克拉曼多，使他振作，儘量使他快樂。他回到德州，給我寫了幾封信。

「最後，他告訴我他要做張遺囑，留點財產給我。這使我大吃一驚，我給他寫信，告訴他我對他好是因為他是我的親戚，因為他需要有人作伴，不是為了財產，我叫他應該看看，是否尚有別的親戚。」

「他真去找了？」

「他去找了。他寫信給我，說一位馬蕾絲是他親戚。馬蕾絲的女兒亦鳳算起來也是遠房外甥女。她們母女住波班克，他準備留點財產給她們。不多，只是使她們生活不錯而已，他說此外再也沒有親戚了。」

「信都在？」我問。

她點點頭。

「之後呢？」

「一定會發生的事，發生了。」她說：「一個女人見到一個百萬土財主，單身無依，放個釣鉤，釣個正著。」

「又結婚了？」

「她和他結婚，開始控制他的財產，開始對我有敵意。我想她有計劃的一天好多次在他面前說我壞話，破壞他和我的感情。來信的情感減低了，他一結婚就給了我一封信，說情況有所改變。但是，他要留我三分之一的財產作為遺產。之後又寫信告訴我，他要把加州的土地留給我做遺產，而德州的都歸他太太。沒幾個月，我知道他把加州的土地都脫手求現。然後他死了，他遺囑把一切留給他太太，但是加州的土地，另外一萬五千元是留給另外一個外甥女馬亦鳳。」

「那表示她媽媽馬蕾絲，已經過世了？」

「我想是的，也許她死了，也許遭遇到阿侖舅舅太太的不歡迎了。」

「老實說，唐諾，我要是對你說我不在乎這筆錢，那是說謊。雖然，我儘量不去想這件事，我不想做富婆，但是我希望有安全感。一個靠敲打打字機吃飯的女人，有時會怕，萬一生病怎麼辦？萬一有關節炎，不能工作怎麼辦？……我沒有概念阿侖舅有多少錢，不過一定有很多錢，假如我有幾千元積蓄會好得多，我不想他給我太多錢，那樣反而不做事，整天歐洲玩玩，雞尾酒喝喝，防著別人追求我只是為了我的鈔票。但是——」

「但是，你總要結婚的，」我說：「結了婚就有保障了。」

「這是使我害怕的地方，唐諾。結婚不一定有保障，你結婚了，組織了自己生活環境了，生了子女了，變家庭主婦了，你失去曲線了，沒有精力了，不能泰然自若了，所有朋友都失去聯絡了。萬一丈夫又有點外遇。……你先前說過住在這裡的韋君來和他的太太，他們怎麼辦？」

「從他們這一對來看，」我說：「你還是有道理的。」

「有孩子嗎？」她問。

「兩個。」

「女的怎麼樣？」

「能工作的時候就工作，但是她身體狀況不太好。」

「就是囉。」她說：「我對於放棄自己獨立的能力，有點怕，我有過好多次結婚的機會，最後自己想想我的對象尚不足我愛到犧牲一切。我是一個天不怕，地不怕的女孩子。唯有這一點，我比較畏首畏腳，即使如此，有一天給我找到一個男孩子，為他『死』都不在乎的時候，我就一切都不在乎了……唐諾，我這種個性，把你嚇著了嗎？」

「我膽子本來是小的。」我說：「誰還能知道世事有什麼變遷呢？」

「我想你是對的。」

「一個人最好是盡自己能力，愉快奮鬥。」我說：「對看不到的命運不怕，也不避。在老死之前，反正不論是什麼樣的生活，總是要過的。」

「唐諾，你放心。」她說：「我並沒有躲避什麼，我只是認為你不錯，把心裡的話說給你聽聽。對遺產的事，我當然有怨氣，但是是第一次和人談起。」

「知道和你阿侖舅舅結婚的，是什麼樣一個女人嗎？」

「一無所知，只知她比他年輕不少，結婚也決定很快，沒有訂婚，我想他在旅館裡見到她，她是個女服務生。她有一套，知道自己要什麼。」

「你舅舅給你的信都留著？」

「是的。」

「留到，不要掉了。」我說：「對於馬亦鳳，你知道她什麼嗎？」

「我要把我聽到的告訴你，就不算真實了。我自己不清楚她，見面也不認識，她實在不能算外甥女，應該屬於一表三千里型的。」

「好，」我告訴她：「我會再去查一查。」

「唐諾。」她說：「我告訴你的對你有幫助嗎？」

「老實說，沒有。只是給我一些背景，如此而已。主要的是韋君來的一切作為非常奇怪，但是這和你阿侖舅舅遺囑的合法性沒有影響。即使是重婚，或非法同居，又如何？她總是繼承人。」

「唐諾，你結婚了？」

「沒有。」

「訂婚了？」

「也沒有。」

她寂靜了幾秒鐘，說道：「今天晚上我很愉快。唐諾，我的確有很多事要一吐為快，老天知道為什麼我都告訴了你。也許是因為……因為我喜歡你。其實我第一眼看到你就喜歡你。看到你站在路旁，把車門大大開著。不過那個時候我以為你是專門勾搭女人的……我想我今天晚上也很寂寞。我想我們應該把公事放一邊，集中力量來說再見。

「據我看，你是急著要回洛杉磯去的，你假如用不太多的時間和我吻別，快點把租來的車還掉，趕最後一班直達飛機回去可能正好趕上。」

她計算得沒有錯——理論上說起來，正是如此。但是事實上，我差一點未能趕上飛機。

第八章　控訴

星期六早上，我們規定是照常辦公的，中午才關門。每個星期六下午，白莎照例和我有一次一小時的會議，計劃下周的工作。白莎也喜歡每週計算一下銀行存款，看看我們合夥事業的成就。

我星期六上午九點整走進辦公室。白莎還沒有來上班。我吩咐愛茜，白莎一到就通知我。

白莎九點十分到。卜愛茜立即通知了我。我走進白莎辦公室說：「我們是九點鐘開門。你去哪裡了？」

白莎抬頭看我，張開口想說什麼，但是說不出來。她臉孔轉成豬肝色，最後才找到自己舌頭在哪裡。

「我到哪裡去了？你這個小不點的雜種，有種來問我『我』到哪裡去了？

你這渾蛋到哪裡去了？什麼意思跑得連影子都沒有，什麼人都不知道你到哪裡去了。我昨天一天打電話給每一個可能你認識的馬子，看是什麼人把你連魂一起勾過去了。

「你竟敢一溜就一整天，沒一個人知道你的去向。你以為我是什麼東西？你的管家婦，還是什麼？黃臉婆——也許？即使如此，也要告訴黃臉婆你死在哪裡，好替你收屍。你竟還有無恥的厚臉皮，來問我『我』在哪裡！」

「辦公室九點開門。」我說：「我在這裡等你來上班。」

她真的氣極了，一時不知如何開口了。

「好，算了。」我寬宏大量地說：「不必再提了。我想一個人開創了一個事業，不必做事業的奴隸，把自己賣給它。白莎，有的時候我們兩個都應該自己放放假，算了。」

白莎說：「你渾蛋！你就是要惹我生氣。你知道我有高血壓，我現在血壓已經高到快衝破血管了。你總是在『我』要怪你之前，先用點小聰明讓我生氣。我看見你真恨不能咬掉你一塊肉，不過我內心想想你還是滿聰明能幹的。」

「好了。」我對白莎說：「現在告訴你，昨天為什麼要猛找我，有什麼不對嗎？」

白莎的雙唇抿成薄薄一片說：「他奶奶的，我有點怕。」

「你怕什麼，白莎？」

她打開抽屜，拿出二份正式公文似的東西，自桌上送過來：「看看這個。」

我拿起一份，看看主文，一切都瞭解了。是韋君來向法院告柯賴二氏私家偵探社中的柯白莎和告賴唐諾的副本。

我其實可以不必去看他告些什麼的，但我還是拿著看了一遍。

韋君來的狀紙寫得很好。他宣稱他住在霜都路一六三八號。他宣稱被告侵害了他的隱私權。被告曾訪問原告的鄰居，暗示原告是個殺人兇犯，破壞原告在居住地的名譽。他宣稱後來被告威脅要報警，要說原告殺死了和他住在一起稱為是他太太的人。事實上這女人沒有死，活得好好的。他宣稱由於被告的報警，警察在他住宅附近設了監視，使鄰居都對他產生不良看法。逼迫他今後只好提前退休。而且今後怕有無窮的不安和不便。被告已經使原告精神受到損害、受到身體損害、名譽損害，等等，等等。

他提出的賠償要求是五萬元的真實損害及十萬元的名譽損害。我把這張狀紙副本，和開庭傳票交回白莎。

「我想，」我說：「你是知道事實的。」

「我現在懷疑我是不是知道了。」白莎說。

「你什麼意思？」

「你看，你至少看到這上面說的，是你把暗示放進鄰居的腦子裡，說他犯了謀殺罪。」

「說下去。」我說。

「當然，這東西也是送達給我的，我一收到這東西就急著要找你，但是找不到你。我認為最有用的事是去找林太太，從她那裡弄一張書面的證明書，證明是她告訴你，姓韋的殺了他太太。」

「結果如何？」我問。

她說：「我找了我一個朋友一起去，去做證人。我們找到林太太。林太太說她從來沒有告訴過你這些話。林太太說，你去找她，問她對韋先生殺死他自己太太，看到了什麼。在另一側的鄰居太太也說你問的是這種話。那鄰居也說你暗示她，韋太太的失蹤可能是被先生殺掉了。唐諾，真是十分糟糕！那林太太已經嚇僵了！」

「林太太嚇僵了？」

「是的，不但不敢說，連打嗝都不敢了。」

我說：「你有沒有告訴她，為什麼你要知道她告訴我什麼？」

「當然，否則我為什麼會去看她？」

「你告訴她，有人控告我們了？」

「是的。」

「在你問這些話之前？」

「是的，你看，我要對這個女人公平處理。我們應告訴她的統統先告訴她。」

「這正是辦這件事最狗屎的方法了，白莎。那女人怕死了的是她先生。只要她知道有人要循法律途徑解決，她還肯開口嗎？」

「不過，」白莎說：「她也和宓善樓說過同樣的話，她逃得了嗎？」

我靠到椅背上想了一想。「你可曾注意到，韋君來並沒有說和他住在一起的是他太太。他宣稱『和他住在一起稱為是他太太的人』……他根本沒有和太太離婚……」我說：「你要知道，白莎，我們給宓善樓的電話，將來會成為十分重要的證物之一，你想宓善樓會全力支持我們嗎？」

「宓警官會溜得像條脫勾的大魚。」白莎說：「他會作證說是你告訴他一件謀殺案已經完成。照目前情況，他自己也亂七八糟混在裡面，他可不會肯為了我們丟掉官位。」

「假如如此，」我說：「高勞頓就變成最重要人證了。打電話的時候，這一面的話，他是都聽到的。」

「唐諾，這種控訴會成立嗎？」她問。

「每個人都肯說老實話，這控訴就成立不起來。」我說：「但是，林太太嘛，嚇僵了——高勞頓給我們的地址是什麼？」

「大德大飯店。」

「我現在就去。」我說。

「你去和他談話？」

「假如他在，我就和他談。可能的話，我還希望弄一張書面聲明。」

「唐諾，他會把你打扁，撕成粉碎的。」

我說：「假如在我們找到他之前，韋君來的律師先找到他，要了張證詞，才真正會把我們兩個人打扁，撕成粉碎。」

白莎兩眼瞇成一條縫：「是的，會很不好看，是嗎？」

「你是不是又想到什麼了？」我問。

「你堅持要報警說謀殺案已完成。姓高的不想請警方涉及，試著從你手中把電話搶過來，你堅持……」

我說：「這一部分沒有關係。只要他肯說實話就不怕。」

白莎說：「是你告訴宓警官，你有一件謀殺案要報警。」

「我從來沒有告訴他韋君來做了什麼。我只是告訴他，依據他鄰居一位林千里太太說，韋家發生了什麼事。」

「送達傳票的人昨天也曾經找你。結果傳達給了我之後沒有再等，是不是不再找你了？」

「不行，他們一定要傳達給我本人。」

「但是他們給我兩份副本，其中一份一定是給你的。」

「不是，他給你兩份。一份是給你私人的，另一份是給合夥公司的，因為你是合夥人之一，所以也給你一份。這說明他們告你本人，也告你合夥公司。他們今天應該另外會給我送達相同的兩份的。」

「之後我們該怎麼辦？」

「我們該找個律師。找好律師後第一件事，是請律師去取一個韋君來的口述證詞。韋君來不會喜歡這一招的，我要去見高勞頓了。」

白莎把椅子向後一退。站起來繞過桌子。「唐諾，」她說：「我一直一分一毛的節省錢。我沒有辦法，我養成了習慣。你沒有來之前，我要維持這個偵探社，我只做點微不足道的工作。所以我對錢看得很重。每次你用五分錢，只要我認為不應該花的，我腦子裡就有蝴蝶飛來飛去。血壓就會升高。

「我們兩個是絕配。我要你知道白莎心裡有數。要不是你的腦子和勇氣，我們這個偵探社還只能弄點小工作，吃不飽，餓不死。

「我不是說今後不再挑剔你的開支，或挑剔你怎麼來怎麼去的老毛病。但是，有人想對你耍狠，白莎支持你到底，和你並肩作戰。你不會聽到我為鈔票吭一下喉嚨。」

她把兩腳分開站在我面前地上，伸出她戴了大鑽戒的手，說道：「握手，夥計。」

她小而亮的眼睛裡，充滿了淚水。

「現在，」她說：「你快去看那渾帳姓高的，看能不能突破點什麼。我昨天去看那姓林的太太，的確把事情弄得更糟了。唐諾，要不是我真怕了，我現在不會承認的。」

第九章　不予置評

大德大飯店是一個公寓式的旅社，一度曾很輝煌。門口職員說他必須問問高先生是否在家，要知道我姓什麼。我告訴他是韋先生要找高先生。職員接通高先生，突然變成非常客氣。「請自己上去，韋先生。」他說：「高先生非常高興能有你來看他。」

「謝謝你。」我告訴他。

「是三六二公寓，在三樓靠前面。」

「謝謝你。」我又告訴他，自顧上樓。我按三六二的門鈴，門很快打開，高勞頓滿面春風在門裡準備歡迎，突然看到是我，表情一百八十度改變。

「你做什麼！」他說。

「我要和你講點坦白的話。」我告訴他。

他沒穿上衣，襯衫領打開，大大的下頜骨向前明顯突出，向下望著我，在研究怎樣處理我。

我說：「我有很多消息，可能對你有點用處。」

「什麼鬼主意，對樓下的說你姓韋？」

「我認為我用賴唐諾比用韋君來不容易見到你。」

他站在那裡，惡狗擋道，在動腦筋。

我邁步向前，好像本該如此，充滿信心。「你會喜歡我給你的消息的。」我告訴他。

他向側移步，讓我經過他身旁，把門踢上，指張椅子叫我坐下。

這是可以長期租、月租或日租的公寓。高先生租的有三房或四房，客廳裡傢俱齊全的。他顯然常在這裡招待客人。一架可移動的吧檯在客廳的一隅，足可供一打客人的各色酒杯齊全。前排的酒瓶裡剩酒每瓶有一半或三分之一。後排備用的都是各種牌子的未開名酒。

「好吧！」他咆哮著說：「是什麼消息？」

我說：「假如你坦白告訴我你要的是什麼，我一定可以供給你要的消息。」

「我告訴過你我要什麼。」他說：「我要找韋太太。」

「你為什麼要找她？」

「這不干你屁事，我就是要找她。」

「當然，動機很重要，」我說：「你找她是為了錢、為了情，還為了其他什麼？這女人實在漂亮！我本來從她照片就在想說她好看，但是照片哪能及她本人的萬分之一？她全身反射出生命，活力——」

他自椅中坐直，人向前傾：「你是說，你見過她了？」

「當然。」我說。

「你是說你找到她了？」

「不找到她，能見到她嗎？」

「你為什麼不早告訴我？」

「我這不是在告訴你嗎？」

「她在哪裡？」

我說：「我先有幾件事要弄弄清楚。」

「什麼事？」

「你記得你最後一次在我們辦公室，那時候我要打電話找一位在兇殺組工作的朋友？」

「是的。」

「我告訴他，依據韋君來一位鄰居叫林太太的說，她在晚上聽到一場吵架，聽到一下打擊，看到姓韋的肩上扛了一包東西離開，她認為這是個屍體包在地毯裡。你記得嗎？」

「我記得這一段話。」

「我就是這樣說的，是嗎？」

「你就是這樣說的，是的。」

「你是不是可以記得，我從來沒有說過，我自己認為韋先生已經把太太殺了。我只是把我和林太太的對話，向警方報告，是嗎？」

他想說什麼，但停住了，兩眼瞇成一線道：「你對這一點好像很重視似的？」

「我只是要知道，你對當時的事回憶很正確。」

他對我的話仔細想了一下，問道：「韋太太在哪裡？」

「霜都路一六三八號。」

「當然，這我知道，是他們的地址。」

「前天她就在那裡，她真是漂亮。」

「你說她回家了？」高勞頓問。

「她回來把家整一整，把髒盤子都洗了，把床鋪了，菸灰缸也清了——」

「你說是前天，她在那邊？」

「是的。」

「那你前天為什麼不通知我？」

「你已經把我們開除了，我就忙別的案子去了。」

他站起來，把襯衫鈕子扣好，打上領帶，拿起一件搭在椅背上的上衣，把手臂向袖子裡裝，說道：「走，我們一起走。你可以指給我看。你和她說過話了？」

「當然和她說過話。」

「好，我們快走。」

我說：「我要請你寫張紙條給我，證明我打電話時的立場，以免我被兇殺組的朋友誤解，以為我——」

「當然，當然，這一點包在我身上，我會關照你的，賴先生。只是你前天就該告訴我的，我費了不知多少手腳想找到這個女人，只是沒想到她會回家，這是全世界我最想不到的地方。」

「她是回去了。要不是你把我們解僱了，你可能已經見到她，把生意談妥，早已打道回德州去了。」

「我承認我錯了，賴先生。我低估你的能力。」

「謝謝。」

「我會想辦法補償你的。」

「有關寫給我那電話的內容的紙條——」

「先要看你對韋太太的事有沒有騙人……我一見到她，你要我寫什麼紙條都可以。我會自己寫，親筆簽名。」

「要不要用我的車子去？」

「我來開車。」他告訴我。

我們走過大廳，他把鑰匙交給樓下職員，說道：「我要出去兩個小時。走吧，賴先生。」

職員聽見他叫我賴先生，揚起一條眉毛，懷疑地說：「再見，韋先生。」

「再見。」我用一樣語調，相等度死樣回答他。

我們利用他的車子出去，他是一個很好的駕駛。

我知道他不會給我什麼消息，我當然也不會給他消息。我把身體向後一靠，聽由他開車。

我們轉入霜都路，直向韋家開去。他把車煞住，我就開車門出來。

「我要一個人和韋太太談幾分鐘，賴先生。」他說：「之後，我會請你做個證人。」

「沒關係。」我告訴他：「你自己進去見她，我過去和林太太談談。」

他走上階梯，站在門廊。我走向林家。林太太在門口等著我。

「呀，賴先生，你來了呀。我擔心死了，有人來這裡問各種問題。」

「告訴我，怎麼回事？」我問。

「兩個女人來這裡，她們告訴我韋先生已經對你提起控告。」

「還有什麼？」

「有個律師，帶了速記員來，從我這裡要了個證詞去。他們沒有留給我副本。那速記員帶了打字機，打好字給我匆匆看一下，就要我簽字。不過匆匆看一下已經夠了，大概就是事實。打字小姐拿出一個很小的公證圖章，就叫我舉起右手，問我所講的是否都是事實？」

「講的到底是不是實話？」

「當然是實話。」她說：「有的地方我加強一點，但是事實還是事實。沒錯，是事實。」

「於是你告訴那小姐，所講的都是事實？」

「在這種情況下，」她說：「你還能做什麼呢？」

「之後呢？」

「小姐說：『鄭重宣誓，合乎儀式。』就在紙上把戳子一蓋。她自己以公證人身分簽了字，把這份證詞交給律師。他根本沒等我開口說話，一溜煙就走了。」

「那不算什麼，他要的東西已到手了，留下也什麼意思了。在這張口供書裡，你告訴他們些什麼？」

「全部事實，如此而已。」

「林太太，我們把話先說清楚。你記得我那天來問你韋家的事？」

「是的。」

「你告訴我，你聽到吵架，又聽到一下打擊聲，然後他出來扛了一包可能是屍體的東西在他肩上，放進汽車裡，又拿了鋤頭、鏟子把車開走。你說他兩小時四十五分鐘後在廚房裡一段時間，之後關上燈去臥房，臥房燈又關上，他一定是入睡了。你記不記得你告訴我，你想他把他太太殺死了？」

「殺死他太太？」她喊叫道。

「那是你說的。」

「賴先生，我從來沒有告訴過你這種事！」她說：「你在說什麼呀！你問我那邊夫妻的閒事。你問我他們處得如何？我告訴你，他們處得還可以，除了有一晚他們曾大吵過一次，我聽到發怒的喊叫聲，但我聽不到說什麼。我說他出去過一會兒，但是絕對沒有說他扛了一個屍體在他肩上。你想幹什麼？把話放我嘴裡讓我講出來？」

「沒有講屍體。」我有耐性地說：「你告訴我是什麼東西被包在地毯或毛毯中，這東西甩來甩去像個屍體。」

「哪來的這種概念？」她說：「我從來沒有說過這種事。我告訴你他從房子裡出來，外面太暗，我看不清楚。他有什麼東西扛在肩上，可能是地毯、毛毯，或——我看幾乎什麼都像，不過我告訴你的只是地毯或毛毯。」

「你也告訴我他有拿鏟子和鋤頭，是嗎？」

「我從來沒有告訴你這種事，你是不是瘋了？」

「你說過鏟子和鋤頭嗎？」

「我說我聽到金屬碰到金屬的聲音。但是老天，不要給我亂裝榫頭——」門鈴不耐煩地響著。她像標槍離手似的向門走去：「我去看看什麼人來了。」

她把門一下打開，過不多久，高勞頓大步進入房中。「韋太太今天早上哪裡去了？」他問：「她不在家的樣子。一個人也不在家。」

「是的，我想她不在家……但是我不知道。我有太多家事要做了，不能整天坐在窗口看鄰居，你是——你以前來過這裡，但是我不記得你是——你說你姓什麼來著？」

「高，」我說：「德州的高勞頓。」

「噢，是的！高先生，我實在沒有空注意鄰居的事。我自己要做的家事太多了。」

「看樣子你兼顧得很周到的。」高勞頓說：「那邊房子裡一個人也沒有。韋太太哪裡去了？昨晚她在家嗎？」

「我真的無法告訴你。我又要煮飯，又要照顧丈夫。我試著敦親睦鄰，鄰居要來借什麼，我都要招呼，但是我從不偷偷摸摸去打聽鄰居的私事，我昨晚相當忙。」

「昨晚看到那邊有燈光嗎？」我問。

「我連看都沒有看一眼。」

高勞頓和我交換眼神。

「嗨，你是怎麼啦？」高問。

「沒有怎麼樣。」她說：「但是我當然不想別人以為我多管閒事。那狗屎律師，就在這裡，一直暗示著我是——」

「什麼律師？」

「那個和一位女人一起來的律師。他們問我問題，而後那個女的打開一個打字機，把我說的都打下來，又叫我簽字。」

「律師？」

「律師。」

「他告訴你他要什麼了嗎?」

「他告訴我,他代表韋先生。他要查出來,是什麼人在不斷誣衊他,說他把自己太太殺了。律師也要查清楚,他要代表韋先生告那些人。律師問我謠言是不是從我這裡開始出去的。我告訴他當然不是。我告訴他有不少人來看過我,問過不少問題,但是當然我從來沒有說過韋先生殺死韋太太,或任何差不多的話。我不知你要什麼,那女人前天整天在家,把家裡都整理了。我怎麼可能會認為她死了呢?」

高先生的臉上泛出一層微笑。「我現在可懂了。你說那律師帶了秘書來,從你這裡拿了一張口供書去。你簽字了嗎,林太太?」

「當然我簽字了,我也宣了誓了。我有點擔心,因為他們沒有留下副本。那女人叫我伸出右手宣誓,又把她帶來的印章蓋上去,她自己也簽了字,而後她把這些紙交給了律師。」

「你給他們的是口供書。」高說:「假如改變任何口供,你就犯了偽證罪。」

「假如他們不留副本給我,以後我怎麼知道那些口供是說了些什麼呢?」

「在這個情況下,」高說:「最安全的辦法是從此後一句話也不說。而且今後什麼東西也不要簽字。林太太，是不是韋太太又溜走了，是不是？」

「我一點點也不知道。今後也不會去管任何閒事。我可以做不少事，假如不把兩隻眼睛貼在窗下管鄰居閒事。」

「你看吧，」高說：「我對賴先生說過，他不應該報警的。」

我說：「林太太，那韋太太回家來的時候，她是怎麼回來的？是有人開車送她回來的？是搭巴士回來的，或是——」

「她回來的時候，我正好不經意看到她，她走回來的，她應該是搭巴士回來的。」

「她有沒有帶個箱子？」

「她是有帶一個大的——不是箱子，只是個大的手提皮包，而且看起來一點也不重。」

「她離開的時候，是不是也帶著這個皮包？」

「我真的沒有辦法告訴你，賴先生。我沒有看到她離開，我一點都沒有去看她，我只是看到她像平時一樣在院子工作。我向她說聲哈囉，如此而已。」

我說：「你有沒有問她是否離開了一下？」

「我也許說過滿想念她的，或相似的話。但是她好忙，我也好忙，我們沒有多談。」

我對高勞頓說：「我也許很忙，另有事要做。我還想和林太太多聊聊。假如你要先走，我可以搭計程車回去。」

他笑笑：「我要一直留在這裡。賴，我目前不忙，我也想聽聽林太太會說些什麼。你知道，我對這件事也十分感興趣。」

我對林太太說：「你記得和我一起來的宓警官。你應該記得，我們過來這裡之前，是在和韋太太談話。」

「我不知道你在說什麼。」

「你說你沒有見到我們去韋家？」我問。

「我知道你們兩個去韋家，但是我不知道你們有沒有和韋太太談話，我再告訴你最後一次，我自己有太多事要做，我不能一天到晚去注意鄰居。」

「這個態度就對了。」高說：「再說，林太太，假如你願意接受一個外面跑跑，見過場面男人的建議，因為你已經簽了一張口供書給了一個律師，你又沒有副本記得你說了些什麼，最好的辦法是從現在起不要和任何人說任何話，否則一不小心自己的話就會和口供裡的話矛盾了。」

「我不會自相矛盾的，我只是希望對我簽字的文件，能有個副本而已，不過我認為高先生說得不錯。」

「成功的人，在別人來訪問他的時候，有一句非常有用的口頭禪。」高說：「他們不想回答的時候就說『不予置評』。這四個字絕對不會被人誤解、扭曲或竄改。」

她敏銳的眼神看到他臉上鼓勵的表情。她說：「這倒是好主意，其實我也不過想對賴先生解釋——」

「解釋是會被人曲解的。」高先生打斷她的話。

「是的，我想我懂你的意思了。」

我說：「林太太，我只是想把事情弄弄清楚。你記不記得你說過，你認為韋君來殺掉他太太了？」

「不予置評。」

「好，你有沒有告訴宓警官，他們吵了一架？」

「不予置評。」

高勞頓微笑道：「這就對了，林太太。我不能再留在這裡惹人嫌了。要知道律師正在找人供他咬一口，不要把自己腿伸出去給別人開客飯。聽說律師還要求賠償了，是嗎？」

「賠償要求十五萬元。」

「好呀，」高說：「在這種情況下，我建議你不要和賴先生或任何人亂說話。『不予置評』這一招可以省你不少鈔票。」

「你真能幫忙。」我告訴高先生。

他站起來說：「我總是好打抱不平，我看到林太太根本不知道保護自己的權益，這樣下去總有一天會在說話上吃了大虧。她不知道別人為了自己利益，多會出賣朋友，也不知自己要負多少責任。」

「要負多少責任？」林太太說：「我要負多少責任？」

「這要看你今後做法來決定了。」高告訴她：「他們也可以把你變成被告的。」

「那怎麼可能！他們沒有理由這樣做，我從來沒有向任何人說過什麼話。」

我走向前門，說道：「也許我們會再見面，林太太。」

高還在問：「林太太，你有律師嗎？」

「律師？」她說：「我要律師幹什麼？我沒有律師。」

「我有一個非常好的法律事務所，在本市替我招呼工作。」高說：「我會告訴他們，你有需要時，請他們幫你忙。」

「我會有什麼需要？我不要什麼鬼律師。」

「也許有點用處。我可以確定律師會建議你，絕對不和任何人講話，除非他在場，否則更不能給別人什麼口供書。」

「反正我是不會去找律師的。不過有一點你是對的，從今以後，天皇老子來我也不開口了，我反正已說多了。」

「好了。」我告訴高勞頓：「我們走吧，希望有一天我也能幫你一個大忙。」

「沒關係。」高說：「實際上，你要能幫忙是兩天前，你找到韋太太的時候，假如能立即通知我，那個時候你恰不肯通知我。我知道你一定有人守候這個地方，韋太太走了，你倒反而來通知我了。」

「我告訴你我昨天很忙，我一回來就儘快告訴你了。」

「你至少應該打個電話給我。」

「假如你還記得，」我說：「你已經不是我們僱主了。」

「沒錯。」他說：「我已經不是你們的僱主了，你們不欠我什麼，我也不欠你們什麼，不過我感覺我對林太太應該有份責任。我來這裡來訪問她的時候，她多友善。假如我是你，林太太，今後不論什麼人問你韋家的事，一律用『不予置評』回答。我自己當然清楚，你從來沒有告訴過我任何謀殺或懷疑有什麼謀殺，你講話真是非常有分寸的。」

「謝謝你，高先生，謝謝你。」

「不要緊，我這麼說目的不過是告訴賴先生，據我的經驗來評定，你說話很小心，從來沒有說過什麼謀殺、死人，這一套。」

「是的，本來就是這樣，不過我漸漸知道什麼是好人，什麼是壞人了。」

我們兩個人一起離開，兩個人都和她握手，都告訴她這次拜訪十分愉快。

我們一起坐進高先生的車子，高發動引擎說道：「你這個小渾蛋，我現在知道了你為什麼來告訴我韋太太回家了。我也知道你為什麼不早告訴我，讓我坐失良機。現在我們扯平了，你不欠我，我不欠你。」

我告訴他：「你看的不見得正確。」

「什麼地方錯了？」

我說：「我欠你一點，我總有一天會好好還你……我在前面下車，我搭巴士回去。」

他微笑道：「你想回到林太太那裡，也想叫她寫張口供書給你。門都沒有，賴先生，你想離開車子可以，但是不是在巴士站，你可能要另外想辦法回去才行。」

已經沒有辦法可施了，我把頭向後一靠。

兩個人一句話也沒有說，回到了他的公寓大飯店。他停好車，打開門說道：「你做偵探！笑都把我笑死！」

我也開門離開車子。「那就笑死你算了。」我反唇相識，自顧離開。

我走到公司車停著的地方，開公司車來到本郡的行政司法長官辦公室。

他不在，或是他說他不在。一位副司法官對我十分客氣，看了我的身分，問了我的情況，打長途電話到德州，替我查高先生汽車的車號。是他的車子沒有錯，他住在聖安東尼奧，副司法官又打電話給聖安東尼奧的司法官，他認識高勞頓。高勞頓是一個商業快手，他的財產來自得到出油地產的買賣權。他是一個無情的鬥士，不易對付的人，而且滑得如泥鰍。

我開車到聖般納地諾。

當地的報館給我的消息不多，他們消息也不過來自聖安東尼奥。說是一位福阿侖死了，他的遺囑已經經由他遺孀請求認證合法。福阿侖在德州的財產全歸遺孀，有一萬五千元及在聖般納地諾的一塊地，遺贈則給死者的外甥女，馬亦鳳。

報館斥候已知馬亦鳳曾住波班克，但是現在是韋君來太太。馬亦鳳曾打電話給一位至友，她和韋先生會遷到巴林去住。報社主編認為這可能會是當地很有興趣的新聞，所以他電請巴林的同行查一查。巴林的同行發現馬亦鳳不亞於好萊塢明星的身材，請求派個照相師，好好的給她個機會露露臉。

我問清了他們在巴林同行的姓名，又開車到巴林。

到達巴林，找到那人的時候，天已大黑，我請他出來喝杯酒。

他對這新聞記憶猶新，是他找到韋君來的，也是他第一個告訴他這消息。當時韋太太外出訪友，但即將返家。韋先生說他會利用電話，叫她回來。他要了記者的電話號碼，說好太太一回家立即通知記者。第二天早上，他打了電話——

「第二天早晨？」我問。

「是的，第二天早晨。」

「不是當晚？」

「她是在薩克拉曼多什麼地方，她立即飛回來。」他說。

「原來如此。所以他第二天早上打電話給你，你又去他家？」

「是的。」

「之後呢？」

「我一見到那寶貝就知道照片可以上報。所以我打電話給聖般納地諾，問他們要我做到什麼程度？主編說遺產受贈人要是真漂亮，可以派一個照相師和一位記者來。於是就這樣決定了。」

「主編另外派個記者來，對你不是不太好嗎？」

「沒有，這表示我已發掘到一個較好的題材了。這件事本來不是我的範圍，我有我的事要做，沒有空繼續追這件小新聞。」

「對於那塊地，你知道什麼？」

「沒有。一塊沙漠裡的地，我怎樣寫也提不起記者的興趣的。不過遺產再少，韋太太自身的惹火裝備，讀者看看照片，就興奮萬分了。」

「他們當時住的地址，你能告訴我嗎？」

「在那報導裡面，」他說：「你不是有一份了嗎？」

「是的。」

「那房子是租的。」他說：「他們住了不久，韋先生的背景我沒太大興趣。我認為他是個流浪的癟三，要是有人說他們沒結婚，只是姘居在一起，我一點也不會意外。」

「怎麼會有這種感覺呢？」

「喔，你訪問人多了，你自然會有一種說不出的直覺。怎麼說……那裡欠缺了一點正常家務瑣事的氣氛，而這個漂亮妞——她的味道好像是自由人，我因為自己有太太，所以沒有去進一步研究。我只是有感覺，我見得太多。

「我做記者的興趣，只是本地一位家庭主婦，得了一萬五千塊大洋的遺產。另外有一塊地，是在德州一位親戚遺贈給她的，其實假如她是一般主婦，臉上有皺紋，手上起繭，可能什麼報都沒興趣去登，你知道這原因。所以我看到這個妞就知道她的腿是個好故事，後來證明沒有錯。」

「你沒有和他們鄰居聊聊？」我問。

「沒有，我收集資料，隨便編一編，記者幹久了，懂得讀者興趣在哪裡。怎麼啦？有什麼不對的地方？」

我說：「沒有，我的興趣是找到韋太太。」

「為什麼找她？」

「有一些文件要她簽字。」

「韋家目前在洛杉磯什麼地方住。」他說：「要簽字的是什麼文件？我可以寫篇新聞嗎？」

「有人肯出價買她得到的那塊地。」

「為什麼？」

我聳聳肩。

「不要忘記，」他說：「萬一生意做成，請讓我知道。萬一有什麼特別有趣的，也告訴我一聲。我們對地方新聞可『追追追』的相當有興趣，猶卡那一帶最近熱門得很，洛杉磯都快沒那裡熱鬧了。」

「好，沒問題，萬一有什麼好玩的，我第一個讓你知道。謝謝你，給了那麼多消息。」

他想想說：「一定有人很想得到那塊地。」

「我不認為如此。」我告訴他：「有人可能想偷它到手，但是出鈔票買則不見得。」

「你真心在找她？」

「是的。」

「這本身已經是個新聞了。」

「目前尚未成熟，以後也許。」

「假如我現在不洩露出去，你要保證以後獨家給我消息。」

「就這樣決定。」我告訴他：「你暫時保密，我給你獨家內幕消息。」

「勾勾手指。」他說。

第十章　鈾礦探測

星期六晚上，我是在巴林一家汽車旅社裡度過的，沒有人知道我在哪裡。山區的空氣乾涼清爽，汽車旅社離公路不遠。我聽著不算擾人的車聲入睡，大的貨櫃車通過山谷的聲音，仍可分辨出來。星期天早上，我醒來時天氣晴朗，刮好鬍髭，穿上衣服，來到餐廳，要了咖啡、一厚片火腿肉、兩個蛋，又加了吐司，最後又灌了兩杯咖啡，爬上公司車。

昨晚我曾擔心，緊張。我現在感到平靜輕鬆，心中有把握一切會變好，也許是山中空氣使然。

我在猶卡停下，又要杯咖啡，拿了份地圖，問了些問題，整個地區都為鈾而瘋狂。人來人往帶來各種裝備：篷帳、睡袋、馬匹、鑵子、指南針、地圖……各種探礦用品。

最好的偽裝，希望不要引人注目的是扮成探鈾人。

我找到一個店，出租放射線探測儀及射線閃爍器。他們也出售各種小冊，教人如何探測哪裡有鈾礦，如何申請礦權等等。

我一件一件問他們，我買下每一種小冊，租了他們最後一台放射線探測儀，問了一大堆傻問題，使自己進入狀況。

我看清沒有人會知道我是私家偵探時，我就開始行動，我只是另一位利用假日，前來碰碰運氣，探測鈾礦的人而已。

鈾！

突然我腦中靈感一動，我為什麼死認為高勞頓為的是油呢？我告訴白莎那邊沒有油，我說挖下去只有花崗石，挖穿石頭下面還是石頭。那邊不是油鄉，但卻是絕好的鈾地。有幾個礦發了大財，大批人湧到，都在山區探測，因為平地都已經有主，探了也是白探。

我剛才問三問四已經問到，有一個男人曾一度一個人住在遺產的地上，在地上有個木屋。那男人為了要挖口大井灌溉這塊地，破了產。他用極低價買下了大批鐵路枕木，就用枕木做支撐挖得很深，希望見到水，但是井沒有挖成，反倒使他破產了。他半送半賣的送掉了他的地契，不知跑到哪裡去了。

我自沒有路面的交通網裡進入一個不平的高原。我走錯了兩次路，雖然非常小心還是走錯了第三次，好在每次都能及早回頭，最後來到我要找的地方。

一條路沿了產權地邊上經過，我能找到地上立著的木製標牌，利用指南針和地圖，我可以大致知道產權的方位。

破老廢棄的舊木屋，是就地有什麼利用什麼架起來的，而且又經過不少次就地取材的補綴。小鐵皮、匣子蓋、五十四加侖汽車桶、可口可樂箱子、塑膠布，不一而足。斜倚的一扇門，已經有個大洞，一塊船上用過的帆布釘在上面，兩個不同的鉸鏈，一個已經脫落，屋裡有老鼠味、特殊的霉味，很明顯已好多年沒有人居住了。

一堆陳舊雜誌在屋子的一角，它們的邊上早已給老鼠啃得亂七八糟，取回去做窩了。一張靠牆釘死的木床，還鋪著當初在用的松枝，只是已經乾燥到一碰就粉碎了，一隻暖爐只有一條腿是好的，其他兩面都是用磚塊墊著，一個紙盒裡還有陶器的碗盤。地上亂拋著不同的紙、破玻璃，和垃圾廢物。

我站在木屋後面四面看看，一時看不到有什麼井。而後我看到地上有一塊土地比別的地方高起一點，走過去看看好像是一塊老舊的平板。我抓住一角，舉起一點來，幾乎立即感到冷空氣自下衝上來。我向下面一看，一個方型的洞，每邊有五呎寬，一直很深的通到地底去。

我把平板放回地上，平板正好把井口全部蓋住。我回到車上，拿起放射線探測儀開始探測。

附近只有極微量的反應。我沿了路邊查查，有的地方有一點反應，有的地方又沒有。我好玩地玩了一陣，沒有什麼是高出大自然應有背景太多的，該走的範圍也都走了。

我回到車上，以運動量來看，今天已經不錯了，應該準備回家休息了。

我坐進駕駛座，突然我有了概念。

我把探測儀拿起，走回到井口，抓起蓋板的一角，把蓋板弄到一旁放下，我向洞口下望。我沒有手電筒，見不到底，四周枕木釘得很堅固，一把木梯釘死在枕木上，直向下降。這老人有開礦經驗，下礦的梯子做得很結實，我用力試試橫檔，都很堅固。

我選了一個井後較高的山坡脊地，爬上去向四周遠望。我懂得，我爬下井去，要是有個不合適的人及時出現，將有什麼後果。

我把探測儀掛在脖子上，每一級非常小心，開始爬下井去。下面非常黑，非常乾燥，有種特殊的霉臭味，不知從什麼東西發出來的。

我爬下去直到頂上的方型開口變成張郵票的大小，霉味變得相當強烈。梯子仍很堅固，但我自己突然不想再下去了，我有恐閉症的感覺。

我抓緊梯子，看著天上那一小塊青天，一隻手小心地把放射線探測儀打開。指針在有亮光的儀表上，右側紅格子背景內亂抖。戴上耳機，咯咯的聲音很響，頻率有如機關槍打靶。

我把放射線探測儀關上，把它移到背後，帶子勒在我頭頸上，我沒有理會軟得發抖的腿，兩手輪流抓木梯的橫檔，像隻猴子拚命往上爬。

好容易爬出井口，下午的太陽又照著我，我慶幸又呼吸到開放的新鮮空氣。這時才發現全身冷汗濕透，抖得像片大風裡的樹葉。

我放眼向四周看一下，一個人影也沒有。

我又拖又拉把蓋子蓋回井口上去，我爬進車裡，開車回到猶卡。我把探測儀交還出租的公司，付了租金，小店問了一大堆常規的問題：「你沒有找到東西吧？下次再來找，有是一定有的，不要氣餒……假如你找到了，我們都變百萬富翁了。它就在那裡，運氣好的時候隨便客串一下就找到了……下次再來！這一帶是最好的……反正對你沒有壞處，只有好處……有個傢伙是個會計師，最後三個月每個週末都來，上個月找到了一個好礦，你可能在報上見過他名字。」

「在這裡西面？」

「這是在猶卡東面的，不過四周都有的。」

「好，」我告訴他：「我會再來的。」

我開車回巴林。

第十一章　鮑氏夫妻的說法

回到巴林，我找到韋君來以前住過的地址，開始訪問他的鄰居。

那房子東面的一家是空房子，門口有出售的木牌，西門的一家有人住著。我按門鈴，一位大骨架身體粗壯，五十歲左右的女人來應門。

我向她歉意地微笑。「我姓賴，」我說：「我要請問一下那塊要出售的房地產——下面第二家那個房子你知道嗎？」

「我知道要出售，其他不清楚。以前住的人姓王，到北方什麼地方去了，不過他有請房地產經紀人給他出售，電話在招牌上。」

「是的。」我說：「不過禮拜天找他們可能有困難。」

「不會的。」她說：「房地產都在假日成交，他們會在家裡的。」

「謝謝你，我馬上試試。」我說：「當中那房子——好像也空著，也出售嗎？」

「那只供出租的，傢俱全的。」

「是什麼人最後住過呢？」

「姓韋。」

「我能和你談談他們嗎？」

一個男人的聲音從裡面向外喊：「什麼人，美黛？」

「有人要看那邊的地產。」她向裡說。

我向她微笑道：「太太，你尊姓呀？」

「鮑，鮑魚的鮑，我是鮑華其太太。」

我說：「我想知道一點韋先生和韋太太的事。」

她面孔冷冷地道：「他們只在這裡住了很短一段時間，他太太拿到了筆遺產。」

「美黛！」裡面的男人叫出聲來，是強烈的警告。

「來了。」她說，開始關門。

我說：「等一下，鮑太太，我告訴你好了，我是個偵探。」

「喔。」她說。

我聽到皮鞋吱吱咯咯的響，鮑華其出來了，他比太太大五歲，矮一個頭，輕五十磅，站在玄關上，臉有愁色。

「這警察要什麼？」他問。

我強笑道：「鮑先生，你好，我姓賴，賴唐諾。」我伸手把鮑太太推向一邊，經過她身旁，和鮑先生握手，他只小小的做了一個不明顯的動作，我已進了客廳：「我不是一個警察局的偵探，鮑先生，我是一個私家偵探，我來請問一下以前住你們隔壁，韋家的背景。」

「為什麼？」他問。

我笑笑：「對不起，我也不知道為什麼，我們有一個客戶，他想知道他們背景，我想像中是和她接受的遺贈有關，我只要他一般生活背景。」

「我們不批評鄰居。」他說：「我們也不說別人好壞。」

他是一個容易受驚的男人，大約五呎五吋，有點像老鼠投胎，直直的灰短鬚在唇上，光頭，只在耳上有那麼些白頭髮，戴了副老花眼鏡，拉到鼻頭上，兩隻眼睛從鏡片上面著我。

「老天，鮑先生，我不是來背後蜚短流長的。」我轉向鮑太太：「你知道韋太太接受了一筆遺產？」

「我在報上看到的。」

「她住你隔壁，我有機會認識她嗎？」

「他們只住了幾天。」

「你見過韋太太嗎？」

「沒有面對面，我看到她在院子裡。」

「你沒有過去拜訪她一下？」

「我是打算過去看她一下，我想總要先讓她安頓下來。」

「還沒安頓下來，遺產就來了？」

「遺產沒有來，她先走掉了。」

「她去哪裡？」我問。

「去薩克拉曼多。」

「美黛。」鮑華其有力地說，跟著是一大堆德語，我懂的德語，正夠瞭解他在禁止美黛說下去。

我向她笑笑道：「我現在要請問一個對我最有用的問題，她是什麼情況下走的？」

她先生又用德語向她說話。

鮑太太搖搖頭。

我轉向鮑先生，嚴正地聲明道：「你一直在叫你太太不要說話，你先要弄清楚，我不懂德文，我覺得你很可疑，你在隱瞞證據。」

「不是，」他說：「我們什麼人也不幫，我們不是隱瞞什麼，而是我們不願混進是非。」

我直視著他：「你是在隱瞞證據，至少你在命令你太太隱瞞證據。」

「不是，我們什麼也不知道，她只會猜想事情，許多猜想的事，不應該說出來。」

「我在這一點上和你同意，我來也是找事實，不是猜想。」我告訴他，立即轉向他太太：「鮑太太，告訴我他們吵架的事，和使她離家出走的事。」

她和她先生交換眼神。

「否則，」我堅持地說：「我只好向上報告你在隱瞞證據，這也是滿嚴重的事。」

「在這個國家裡，」鮑華其說：「你不想說的話，可以不說。」

「有的話是可以不說，有的話不能不說。」我決定打一次高空，用一隻手指向鮑太太說：「你認為他們打了一架，她受傷了，是嗎？」

她先生想說什麼，但這次突然自動停止了。

「你還是最好告訴我。」我說。

「她實在不知什麼內情。」她先生神經質地說：「她只是聽到打架而已。」

「在夜裡？」我問。

「是在夜裡。」他承認。

「第二天開始韋太太就不見了？」

「又如何？她去看她親戚了。」

「你怎麼知道她去看親戚了？」

「她丈夫說的。」

「她丈夫對誰說的？」

「他告訴我的。」

「你問他，他太太哪裡去了，是嗎？」

「沒有，沒有，我沒那麼直接問，我間接暗示問一下。」

「為什麼要問？」

「因為……因為美黛有點神經質，就是如此。」

「當然，她當然要神經質，」我說：「你認為他殺了她，是嗎？你有沒有聽到一下打擊聲，鮑太太？」

「不，不，」她丈夫說：「不能說一下打擊聲，至少她不能宣誓她聽到。」

「之後，」我說：「他發動車子出去，是嗎？」

「那又有什麼不對？」鮑先生說：「公民愛幹什麼都有自由，這是個自由國家，不是嗎？」

「那不一定，」我說：「還要看你對自由的定義。」

我轉向鮑太太：「你有沒有看到他把一個屍體搬上車？」

「沒有，沒有，」鮑先生向他太太喊道：「沒有！美黛沒有。」

她什麼也不說，把嘴唇拉得長長的，臉上沒有表情。

我說：「對於這種證據，你要隱瞞，會自己吃虧的。」

鮑華其委屈地說：「老實告訴你，其實只是夫妻吵架而已，一場普通的口角，不過喊叫聲多了一點，而且——」

「而且什麼？」

「而且——也許有一下打擊聲，也許是什麼東西從桌上掉下來，也許一張椅子翻轉了，沒有人知道。」

「那聲音之後，聽不到吵架聲了，是嗎？」

「那也沒什麼特別，他們不吵了，也許他們知道吵醒鄰居了。」

「那是什麼時候？」

「是他們搬進來第一天午夜。」

「原來是你在窗上看。」

「不是我，是美黛，我一直叫她回床睡，不關我們的事。」

我轉向美黛：「他把屍體怎麼處理了？」

「不行，不行，不行，」華其大叫道：「根本沒有屍體，你懂嗎？她回來了，她什麼傷也沒有受，真是大錯特錯，弄出那麼多誤會，美黛這樣說是會闖禍的。」

「她本來想報警的？」我問。

鮑華其不開口，證實我猜得沒有錯。

「他放進車裡去的是什麼東西？」我問鮑太太。

還是她丈夫在答：「只是一捲毛毯，當然美黛不認為如此。」

「你能看清楚他？」我問美黛，兩隻眼直視她的眼。

「我看清楚沒問題，我看到他把毛毯放進車裡開出去。」

「他有回來？」

「是的。」

「什麼時候？」

「大概……大概三個小時之後。」

「你是等著在看？」

「不，不是。」她說：「我回床睡了，是我先生聽到他回來。」

「我有神經衰弱，一點聲音就吵醒了。」她先生解釋。

「那麼是你聽到他回來的？」我問。

「我聽到車子進來，是的。」

「之後呢？」

「之後我不知道了，我向那邊看，有一個燈亮著，之後燈熄了，他睡了，我也睡了。這都不是我們的事，我們不是管閒事的人。」

「但是第二天早上，你和姓韋的聊天了？」

「我是和他聊天了，是的。」

「聊什麼？」

「我問他有關他太太的事，我問他太太有沒有跌倒或是受傷？」

「他怎麼說？」

「他向我大笑，他說她決定去薩克拉曼多拜訪親戚，他說他帶她去車站搭夜行巴士，他告訴我他不要她去，剛搬家要做的事太多，他說夫妻兩個大吵一架，她把箱子整好說要走，他不許她走，他說箱子在小桌子上，兩個人一搶，桌子就倒下來了，箱子也跌下來了，兩個人笑了，為了小事吵那麼厲害划不來，他放棄固執，帶她到巴士站，他說不送也不行，她有一口箱子、一個包裹，給親戚的禮品。」

「之後呢？」我問。

「我很滿意他的解釋。」鮑說：「美黛仍不滿意，她喜歡講話，我一直說不給她說話她會死，我們不說話不管閒事，管別人家是吵架、打架，也許倒下的本來是箱子，也許不是，和我們有什麼關係呢？」

「之後韋太太回來了？」

「她回來了，四天之後，她回來了。」

我問鮑太太：「你有沒有見到她？」

還是由鮑先生回答：「這次她回來，報館的照相人員給她照相，那個時候我們不懂是為了什麼，後來我們從報上知道了原因。」

「你看到報上的照片了？」

「是的。」

「照片照得很好？」

「只看到大腿。」

「她是紅頭髮的？」

「沒錯，紅頭髮，小小的，但身材極好，穿衣服非常非常時髦。」

「她接到這樣一筆財產，你沒有過去恭喜一下？」

「我太太去了。」

「我當然應該去。」她說。

「什麼時候？」

「第二天，新聞出來之後。」

「她很高興？」我問。

「高興什麼？」

「接收到那樣一筆錢和地皮呀。」

「遺產不算多。」她說：「地產是在沙漠裡，連兔子都活不成的地方，鈔票倒還可以。」

「她和你討論這件事了？」

「噢，是的。」

「你去拜訪她了？」

「我去看她了。」

「他們對你很友善？」

「很友善。」

鮑華其神經地說：「你看，賴先生，聽別人夫妻吵架，可以聽出那麼多麻煩來，我真抱歉我們把前半段還是說了出來，要不是你懂得德文——我認為你是懂的——美黛不會開口，一句話也不會說的，你知道嗎？」

「我知道。」

「你一定要知道，我們沒有對任何人說過這件事，這是不能隨便說的。」

「當然。」

他看看他太太，她懂得他的意思，轉向廚房走去，他把手伸向我：「真高興見到你，賴先生，謝謝你，你該瞭解我太太有點神經質，她很會想像。」

我說：「我很高興你告訴我，一切都清楚了。」

「清楚什麼了？」

「為什麼他太太突然離去了。」

「她人很不錯。」鮑太太從肩上回頭說了一句，又轉回頭向廚房走去，這次走得很堅決。

她丈夫送我到門口，又再和我握手，一再告訴我他不會再和任何人談起這件事。

「這個決定是對的。」我告訴他：「非常，非常正確。他們吵了一架，又如何？夫妻哪有不吵架的。」

他的臉色稍稍和緩，露了個微笑說：「謝謝你，謝謝你，賴先生！你真體諒，這就是我的意思，再見。」

門關上。

我駕公司車來到聖般納地諾，把車停好，包了架直升機回洛杉磯機場，立即找了班飛機到德州的聖安東尼奧城，在聖安東尼奧一家旅社裡，我可以有三小時的睡眠，起來還有很多事要做，第一件當然是看看福阿侖的背景。

第十二章　荒無人煙大沙漠裡的小盲腸

辦公室門上標示著福阿侖投資企業。

我走進辦公室，外間有一張接待秘書的辦公桌，有個內部總機，不少檔案櫃，外間沒有人，通裡間的門開了一半。

我走進裡間，一位女人坐在辦公桌後，她身旁地上放著兩個污衣籃，正在清理檔案，她自桌上一堆檔案中拿出一些紙張，匆匆一看，弄皺了，拋向暫時當作廢紙簍的大污衣籃，她根本沒有時間分心，我進去，她沒有注意到。

「是福太太？」我問。

她詫異地看著我：「是的。」

「我賴唐諾。」我告訴她，向她微笑。

「有什麼事？」她問。

她胸部很大，臀部瘦了一點，睫毛很長，冷冷的眼睛，向人一看就好像在鑑定你有多少身價似的，她褐色膚髮，好身材，穿了黑衣服，看起來相當好看，她小心地應對我，好像是拳擊比賽第一回合。

「我想對你先生在加州的地產瞭解一點。」我告訴她。

「沒什麼地產在加州。」

「喔，據我知道是有的。」

「沒有了，我先生死前把所有加州的地產都賣掉了，賴先生，你為什麼對這件事有興趣呢？」

「我在注意加州的土地，是不是你在猶卡的附近還有一塊地呢？」

她稍稍使自己臉上露點笑容，她說：「我並沒有把那塊地稱為地產，那是在荒無人煙大沙漠裡的小盲腸，那裡不出水，除了泥土外，種不出什麼東西來。」

我向她移近一點以示小慇懃。

「你想，把那塊地買下來，划不划得來？」

「賣給誰去？」她看著我，心裡在奇怪，眼睛已軟了一點。

「譬如說賣給我。」

她微笑道：「不可以。」

「是你先生的地呀！」

「是又怎麼樣？」

「他是一個精明的投資商人。」

「又證明什麼？」

「除非他覺得將來有利可圖，否則他不會把它買下來的。」

「你怎麼知道他是買下來的？」

「在他名下，不是買來的怎麼來的？」我說。

突然她完全解凍，哈哈大笑。

「請坐，」她說：「我來告訴你那塊地產，那塊地產是一件交易的額外彩頭，我丈夫很迷信，給別人交易總喜歡在成功後要一點小彩頭，認為如此可以在下次交易中得到利益。

「這一次，交易的對手說他要把一大塊加州地產給我先生做彩頭，我先生對土地總是最有興趣，認為總有一天會值錢的，所以那筆生意也就做成了。

「六個月之前，我們去加州，我們開車去看過那塊地，我連倒了兩天胃口，就是因為看到那塊被人拋棄，也拋棄人類的土地。

「好幾年前，一個可憐蟲花了不少錢、不少時間，在那塊地上，想掘一口井，現在留著的房子就是徒勞無功的證明，那口井上面是風化了的花崗石，到底下還是風化了的花崗石。

「我們把加州的所有土地都賣掉了，只是這一塊留到，我們加州有幾位親戚伸長了脖子在等阿侖遺贈一點土地給他們，我告訴阿侖，把這塊當作骨頭，讓他們去搶。」

她大笑，笑聲陰冷而殘酷。

「你能不能，」我問：「告訴我他加州有什麼親戚？」

「我知道兩個外甥女的名字，但是沒有見過任何一個人，有一個人非常好，但是很貪婪，另外一個性急，下賤，不過一樣貪婪。」

「其中有一位是韋君來太太？」

「我相信如此，她是兩個中好得多的一個。」

「還有一位在薩克拉曼多的董露西？」我問：「你認識嗎？」

「我對她再清楚也沒有。」她冷冷地說：「不過正如我告訴過你，我從來沒有見過她。」

「你們有通信？」

她用頭及手做了一個姿態說：「不是和我聯絡，通信是和我先生通信。」

「礦產如何？」我問：「也許你先生認為那裡有礦產，是不是有油？」

她笑了，指著書架上兩塊黑黝黝的石頭問：「你看見了？」

我點點頭。

「兩塊石頭都是從那塊土地裡來的。」她說：「那個馬亦鳳看到石頭是黑的就想到是石油，她把石頭寄來，說是從沙漠的地上來的，她認為那邊也許有油，石油在這種岩層裡？笑死人了，所以我一再鼓勵丈夫把那塊地送給她，有一天那裡出了點什麼東西，正好讓她富一富。」

再一次，她又大笑了，只是笑聲並不悅耳，而是竊喜的、幸災樂禍的。她說：「你看，賴先生，我丈夫的律師說在遺囑裡應該把他兩個外甥女都提到，他提議阿侖給她們兩位每人一百元錢，我告訴他把阿侖在加州的全部土地都給她們，然後把加州的土地都賣掉，只留那一塊地給她們，我丈夫堅持要給點錢，所以我告訴他可以給亦鳳留點錢，不過我告訴他，要是他想留錢給薩克拉曼多那騷小妮子的話，他死了我還是會把他眼珠子挖出來。

「我倒不是小氣，賴先生，只是那個姓董的女人完完全全令人無法忍受，我不知道我們初見，為什麼會告訴你這些事，賴先生，相信是我把情緒和緊張關在心中太久了，再說，你好像很瞭解，肯聽別人說話——你的眼睛也好像會聽我在說什麼。」

她向我笑笑。

「謝謝你。」我說。

「你好像天生有同情心。」她說：「我不希望你在這塊地上花血本無歸的錢。」

「謝謝。」

兩個人寂靜了一下。

我開口問：「福先生加州的親戚，聽說他要結婚時，有什麼反應呢？」

這個問題打開了她另一個話匣子，我想她也實在寂寞，說說他們在加州的親戚，對她是個愉快的轉變。

「這兩個女人反對、怨恨我，反對到極點了，她們兩個幾乎使阿侖陷入她們貪婪的手掌，後來我和阿侖相遇了，阿侖愛我，我們兩個結了婚，她們當然失望到了極點，你想她們還會不會試著瞭解我？不會！我是一個撈女，我是為了錢嫁給阿侖的，衣帽間女郎搖身一變，成為富家主婦，我有陰謀的呀！

「你可以想像得到，賴，整天想釣一個有錢凱子的衣帽女郎，看到阿侖這種千年難遇的單身有錢人，會不想辦法勾引嗎？這就是她們對我的批評，我是撈女，我可以對著她們大笑，但是我不值得，她們以為我看不到她們拍馬屁的信件，嘿，我對她們瞭如指掌，還有比女人更能瞭解女人的？我早就決定好好整整這一對貪心的小人了。」

我突然想到一個聰明的念頭。「你丈夫和高勞頓是好朋友，是嗎？」我問。

「噢，是的，阿侖的好朋友不多，他很保守，很內向，但是他很敬重高先生。」

「他們是朋友？」

「噢，是的，高先生替我丈夫做成好幾筆生意，他是個很好的地探子，他整天在外面跑，把有希望的地集在一起，有的時候他以薪水來計酬，有的時候以佣金計酬，有的時候他自己也做一兩票，我丈夫和他做過好多次生意，對他非常敬重。」

「你真的確定所有在加州的土地都已經出售了？」

「當然，全部出售了，除了那一塊沙漠。」

「你不認為可能還有什麼你不知道的？」

她搖搖頭：「不會，阿侖的財產，我沒有不知道的，加州的財產都出售了，除了我們說的一塊，他決心留給他外甥女，因為他外甥女說地下一定有油，看看那些石頭，整塊地榨出油來，也多不過把這張桌子拿來榨油。」

我說：「我以前聽別人說，一旦福先生死去的話，董露西會有一筆很大的遺贈。」

「那是她一廂情願，」福太太說：「我一生都沒見過這樣不要臉的女人，我丈夫沒見我之前，非常、非常寂寞，他去了次加州，那女人可真討好到極點了，你該看看她寫的信，老天，她要她阿侖舅舅相信，那邊永遠有他一個家，他的親戚都在關心他，假如他肯去加州，她會為他準備一個家，就放在薩克拉曼多，她不要他一毛錢，老天！她說把遺產都給她是不對的，應該再看看有沒有別的親戚，她喜歡他不是為了他的錢。」

「會不會這外甥女倒是真心的？」我問。

「絕對不可能。」

「你能把韋太太地址給我嗎？」

她說：「我律師有過她先生一封來信。韋君來，是在一條叫霜都路的，我——」

「霜都路一六三八號？」我問。

「沒錯，」她說：「我現在連房子號碼都記起來了。」

「那封信，目前不在你這裡？」

她搖搖頭道：「我正在把沒用的信件都丟掉。我先生是什麼東西都捨不得丟的。那些年來，一點都沒有用的信件，一封也捨不得去。你看看，一房間都是。」

我說：「外面一間的，大概都是商業檔案吧？」

她點點頭：「那些他秘書都知道。他秘書已經不幹了。是我叫她走的。她很會自作主張。」

「他應該另外有位小姐管檔案的。」

「是的，是有位小姐管檔案。我丈夫過去的第二天我也叫她走路了。另外還有兩位小姐，也對我沒有什麼禮貌。只因為她們跟阿侖久了，她們就認為阿侖是她們的。

「阿侖活著的時候，我什麼都不說。我總覺做太太不應該干涉先生的公事。他喜歡她們是他的事，輪到我騎在馬鞍上的時候，又是另外一件事。我統統請她們走路。」

她把背直一直說道：「賴先生，你真好。這是在處理我丈夫遺產律師的名片。你去找他，你要的消息他都會給你。至於韋太太，你可以到洛杉磯霜都路找她。」

「假如你在找有展望的土地投資的話，我先生在德州的土地合乎條件的很多。我會打電話給律師，請他給你一切方便。」

「謝謝你……謝謝你，」我說：「我真抱歉，打擾你了，但……」

「沒關係，老實說和你講話我很高興。阿侖的死亡對我影響很大，我必須要做點事把我的時間支配掉，所以我才一個人到這裡來整理東西。這裡垃圾也真多。」

「是的，我相信你說的沒有錯。」一面說，一面看看她面前一大籃廢紙。

「至少有一件值得安慰的。阿侖的朋友都非常好，幫我不少忙。阿侖走得很突然，不過這樣也好，沒痛苦。」

我又謝了她，離開辦公室，找到大廈的管理員。他是一個粗短的瑞典後裔，手中拿了枝短短粗粗的菸斗，眼珠是淺淺的灰藍色，像是貼了　層透明的塑膠紙。

我給他一張我的名片。「我是個偵探，」我說：「你知道『嗎啡瑪莉』今晚會到這個大樓來做案子嗎？」

「什麼嗎啡瑪莉？」他問。

「嗎啡瑪莉，」我說：「是偷竊毒品這一行中最頂尖的了。你這大樓中有醫生、牙醫生沒有？他們都在辦公室留點嗎啡和其他麻醉品做急診應用。嗎啡瑪莉都是晚上溜進大樓去，她把鎖弄開的本領，也是這一行中第一流的。」

他只是抽他的菸斗，什麼話也不講。

「辦公室都打烊之後，」我說：「你只讓一輛電梯作業，而且是停在這地下層，是嗎？」

他點點頭。

我拿出一張廿元的鈔票說：「今晚我想在這裡值班。由我來替你開這電梯，算是你的助手。」

「你還給我錢？」他問。

「我給你錢。」我告訴他。

「嗎啡瑪莉假如來了，你會把這個地方弄亂嗎？」

「不會，不會。」我說：「一旦知道她來了，我只是用電話請警察來捉她。我替客戶工作，這些客戶都是醫生，他們討厭嗎啡瑪莉多次打擾他們，都希望她能去坐牢。我相信她今晚會來這個大樓，但是不敢先報警。你知道警察知道了，會派很多人在這裡，那嗎啡瑪莉最精明不過了。我只是一個人等她來。她一來我就報警。」

他伸手接過那二十元錢，對摺後放入背心口袋。

「清潔工幾點清掃各樓的辦公室？」我問。

「七點。」他說。

「我七點會到。」我告訴他：「我也許要等到很晚。」

他點點頭。

第十三章　模特兒介紹所

我七點不到幾分就當真回來上班。開始的兩個小時忙著把垃圾自電梯下運，兩小時後一切靜了下來。瑞典籍的管理員在聽著收音機上拳賽的廣播。每一個工作的女工負責兩層的辦公室。自廢紙簍收集的零星碎紙，由一個大的塑膠袋送入地下室。無法放入廢紙簍的較大拋棄物最後用大紙箱送入地下室。

自六樓出來的垃圾不多。事實上除了福太太拋棄的之外，幾乎微乎其微。管理員還在聽收音機，拳賽已經結束，目前在廣播的是個脫口秀節目。他把腳蹺在辦公桌上，椅子背靠在牆上，椅子只有兩隻腳在地上。他閉上眼，抽一口菸斗，藍色的煙霧慢慢自口中吐出。

我必須趕快工作。

這一大堆拋出來的文件中有私人函件、剪報、雜誌上割下的文章、影印的短品文等等。這傢伙真是什麼都捨不得拋掉。

我儘快的把這一堆裡用手寫的，女人筆跡的信件，全部撿出來，放進我帶來那個大手提箱裡，在那管理員關閉收音機前，一切都已辦妥。

「她有個習慣，半夜之後從不出動。」我說。

「是嗎？」

我點點頭。

「明天你來嗎？」他問。

我搖搖頭。

「歡迎你隨時再來。」他說。

我告訴他我會的。

管理員用電梯把我載到地面層。我回到旅社，結帳趕清晨一點的飛機。

在飛機上，我打開手提箱研究我拿到的信件。其中六封來自董露西，四封來自馬亦鳳。

露西的信充滿親戚之間的溫情，是絕對會打動寂寞舅舅那一種的，也是掘金主義太太會大大生氣的那一種。

亦鳳的幾封信，前後共計有三年的差別。只是平淡的報平安信，內容對長輩很尊敬，自己很謙卑，是後輩對寂寞長者的問安，信中談氣候、電影、電視節目和要他自己多保重。

四封信有點不相同。她告訴他韋君來的事，她認識君來相當久了。他在一家演員、模特兒供應公司有點股份，所以在那裡給她安排了一個很好的工作。他供應模特兒給拍照的人、拍月曆的人、拍電影的人或是任何需要各種角色的人。君來答應她，她可以紅透半邊天，因為他認識不少電影大亨，而且他有不少製片朋友，他說不久她可以進軍好萊塢。

她說她和君來「訂婚」。隨時可能會到亞利桑那州或內華達州去舉行一個簡單，不炫耀的婚禮。

她說她和她的未婚夫曾去了次沙漠，他們曾在舅舅那塊地上野餐。她告訴他小屋已快倒了。她照了幾張相片，一起寄給他。有人在外面挖了一口井，想找水源，但井下面挖出來的石頭在她看來好像有石油。黑黝黝，又很重。所以她撿了三塊，另用包裹郵寄。

這封信仍是裝在信封裡的，照片也在裡面。照片是用沒有自動對焦的便宜相機照的，照的技術也不高明，有的焦距不對，有的手動了。有一張是韋君來的近照，完全沒在設定的焦距裡，照相的人對光學也沒有一點常識。

我想來想去仍舊沒有辦法把整個故事連在一起。那封信的日期是福阿侖死亡十天之前。石頭樣品寄來的時候，可能高勞頓正好在福阿侖辦公室裏。信上說寄給他三塊石頭做樣品，在他辦公室裡現在只有兩塊。福先生大笑說石頭裡沒有油。高勞頓那精明鬼，看石頭很重，另有所想。也許他要了一塊，只要用放射線探測儀一照，一切就結束了。

高勞頓知道福阿侖不是好欺騙的。他只是一時沒想到，一旦引起他懷疑，他也會想到這個可能性的。高勞頓想要這塊地，而且想便宜地得到它，突然福先生死了，高勞頓知道遺囑內容，他急著找韋亦鳳。整個事件漸漸清楚了，突然瞭解了。

天沒亮我就回到洛杉磯。我乘巴士到聖般納地諾，取回公司車，開到巴林。電信局開門的時候，我已經在門外等很久了。我告訴他們我是韋君來，問他們因為我已經遷出我租來的房子，是不是還有什麼長途電話費用沒有結清。一位會計請我等一下，進去查了一下，出來時帶了一張帳單，說是還欠他們十二元八角五分。她怪我說我搬家之前應該給他們一個電話，留下一個遷往地址。我告訴她我好像沒有用那麼多錢的長途電話費，我希望她能列張清單，列出對方的電話號碼，我可以對一下。她堅持說清單已經隨收費通知單寄出去，叫我回以前租的地址去查問。我告訴她我沒有收到，而且沒有對清楚，絕不付款。

她和我爭執了一番，終於又進去找到原資料，影印了一份給我。我付了十二元八角五分，離開電信局，一個人研究韋君來打了些什麼長途電話。

就在報紙刊出巴林一位家庭主婦接收一份遺產的前一天，有一個叫號長途電話，電話號碼也在清單上。

我找了個電話亭，打這個號碼，等著對方自己報名稱。是華道演員、模特兒介紹所。我告訴他們我打錯了，把電話掛上。我回到公司車上，一個人靜靜地想了十五分鐘。起身、打電話給白莎。

白莎才進辦公室。她說：「唐諾，有人要找你。」

「客戶？」我問。

「應該是個客戶，是個女人。」

「老的？年輕的？好看的？」

「年輕、好看。另外還有一個男的，在走道上等著，我看是來送達開庭傳票給你的。」

「應該是吧，」我說：「白莎，我今天不到辦公室來。」

「那怎麼可以！」她喊說：「有大案子來叫我們辦又如何？」

「你處理呀！」

「假如他們一定要和男人說話，怎麼辦？」

「拖他們一下。」

「到底什麼意思？」白莎問。

「我不要傳票送達到我手上。」我告訴她。

「我已經收到了。你為什麼要獨免呢？為什麼不肯和我同舟共濟呢？」

「兩個分開在兩條船好一點。」我告訴她。

「我要你的時候，怎麼聯絡？」

「在論壇報上人事欄登一段廣告。」我在她發脾氣之前趕快把電話掛上，免得電話線第二次遭殃。再說，電話公司絕對不能容忍一個用戶，在一星期內，電話線被拉斷兩次。

我打電話給在薩克拉曼多的董露西。

「唐諾！」她叫道。我聽得出她非常高興聽到我向她自己報出的名字。

「我要和你談談沙漠的一些地產。」我說：「能不能讓我替你管理？」

「你在說什麼呀，唐諾？」她說：「我沒有什麼地產在沙漠裡。」

「不要太確定你沒有地產。」我告訴她：「我可能會很成功地利用它，使它變得很值錢的。」

「我給你一半利潤，」她大笑著說：「夠了嗎？」

「太多了，不過也不夠。」

「什麼意思？」

「我只要你百分之十五，另外准我陪你吃頓飯算獎勵。」

「你有你的百分之十五，唐諾。吃飯麼——隨便什麼時候來，我都會陪你。」她說。

「好！」我說：「你有我的名片，名片上有辦公室地址。你馬上打個電報到我辦公室。說是你要柯賴二氏偵探社管理一切你在聖般納地諾的地產。不論今後在地產上有多少利潤，我們公司佔百分之十五佣金。」

「可以，十五分鐘之內，一定發出電報。」她告訴我。

「可能，」我告訴她：「那樣很好。」

「唐諾。」她說：「不要忘了來領獎勵。」

「什麼？」

「飯局呀。」她說。

「不會忘的。」我告訴她。

我開車，在快到中午時回到了洛杉磯。

華道演員、模特兒介紹所的經理是個目光不定的傢伙，自稱叫做駱華克。

我給了他一個偽造的姓名，胡謅了一陣，終於言歸正傳。我告訴他我要一個充滿勁道的紅頭髮女郎，以不超過二十六歲，但是絕對不可低於二十一歲。我給他很多體形的限制。我告訴他，我要個漂亮小姐幫助我達成一件生意的協商。這小姐還要熱心於多賺一點額外小費才行。

他有興趣地問我，會有多少額外小費。

我心中在研究，白莎看到報銷開支的時候，會有什麼反應。我拿出二十元鈔票，塞進他濕濕的手掌中，告訴他這是送給他的部分，另外還有一百五十元是準備給小姐的，假如我找到適合我工作的小姐，而她也肯做我交給她的工作的話。

他點頭，慢慢點頭，又點頭。站起來走向檔案櫃。他第三次拿出來給我看的照片，正是我上次在韋家看到在洗盤子的女人。

「這個是什麼人？」我問。

「這是冷芬達。當然是她的藝名。我對她的背景不太清楚，不過她是真的了不起的，她又漂亮，又肯幹。」

我又仔細看了一下照片，指著照片說：「她有空嗎？」

「我可以問問看。」他說。他用電話來試，好像冷芬達是有空的。他問我要不要把她請過來。

「我去看她。」我說：「把她電話號碼給我。」

他笑著搖搖頭：「我們生意不是這樣做的。」

「為什麼？」

「規定每次聯絡都要經過我們介紹所。」

「這樣介紹一次要多少錢？」

「一百元。」

「少來，你的一份我開銷過了。給公司的要多少？」

他說：「芬達，不要掛電話。」用手把聽筒捣住，對我說：「七十五元，至少。」

「七十五元，」我告訴他：「把她的地址給我。」

他對電話說：「芬達，這位先生在半小時之內會自己來看你。這是一件特殊工作。」

他掛上電話，我要他用公司名義給我一張收據。給了他七十五元錢，他給我一張字條，上面有她的地址。

他說：「我相信你會對這位小姐的服務滿意的。」

「假如不滿意呢？」

「我們只負責介紹，不能保證結果。」

「能換其他小姐嗎？」

「其他小姐，其他收費。當然仍然不能保證結果。」

「好吧！」我說：「我就試她一試。」

「你不會不滿意的，她活潑，有精力，而且敢作敢為。我們派過她很多次特殊工作。州議會在薩克拉曼多開會時，她是固定的大廳接待員，最受歡迎了。我聽說很多不容易解決的問題，有人私下請她出馬都可順利解決。」

「是在薩克拉曼多工作，嗯？」

「是的，那只是議會期間。休息期間她下洛杉磯來，她喜歡這裡。當然，她接受臨時演員、模特兒等小工作，但是她喜歡特殊工作。你會見到她多才多藝，勝任愉快。」

「好，我接受你的建議。」我告訴他：「你比我懂得女人。」

他搓著兩隻手，笑著對我說：「對啦，我懂得女人。」

第十四章　白紙黑字的協定

公寓是裝著自動開門系統的。我在門上找到冷芬達的名牌，按名牌邊上的鈕。沒多久，一陣蜂鳴聲，街門的鎖打開，我推門進去，到樓上冷芬達的公寓。

「你要求這樣見面，對我名譽是有損的。」她說。

立即她的眼睛張大，顯出害怕，但又馬上不在乎地大笑。「你的狗牌牌朋友沒有來呢？」她問：「那個嘴裡咬支濕的雪茄屁股的。」

「他最近忙一點。」

她穿了條深色緊身裙子，合身的上裝，襯托出美好的曲線。她頭髮也經過仔細梳理，每一條頭髮都很聽話的在應該在的位置。看起來，整個人非常非常順眼。

「你能來看我，我真的非常高興。」她說：「看起來，你又會有一人堆假道學的問題問我，但是今天真的不行。我有一個生意上的僱主馬上要來看我。」

「我就是那個僱主。」我告訴她。

「不是的。」她叫出來，想一想，眼中現出驚慌。

「為什麼不是的？」我問。

「你……為什麼？我想——」

我把駱華克寫給我的地址字條給她看，再給她看公司收費的收據。

「好吧，」她說：「進來。現在你是我的新老闆，要我做什麼事？」

我跟著她進入公寓。她把門關上，站在那裡看著我，說道：「不必客氣，把這裡當是自己家裡，你聘請我當然不是坐在這裡談話的，對嗎？」

「你說對了。」我說。

「我們做什麼？」

「你肯做些什麼？」

「你告訴我要我做什麼，然後我會告訴你，我幹不幹。」

我說：「你曾經假扮過韋太太，為什麼？」

「我不是做了次非常美麗的韋太太嗎？」

「你扮什麼都會很美麗的。」

「我像不像一個盡職的太太？」

「我不知道。」

「你看過我在洗盤子，清理房間，倒菸灰缸。」

「你不討厭做家事嗎？」

「我不討厭任何暫時的、有變化的工作。」她說：「我討厭沉悶的常規工作。我討厭坐辦公室，我討厭早上起來就知道今天，明天要做什麼。我討厭同一個男人要我做同一件事。我要變化。」

「要你繼續做韋太太，怎麼辦？」

「有錢嗎？」

我點點頭。

「那就可以，怎麼做法？」

「那個房子，你有過一把鑰匙？」

她點點頭。

「鑰匙還在身邊嗎？」

她又點點頭。

我說：「馬上去那邊，立即開始工作。」

「我做點什麼事？」

「把那個地方掃掃弄弄，整理乾淨一點。」

「之後呢？」

「之後我來看你，我們走到林太太見得到我們的地方。」

「我們又做什麼？」

「我們一起開車離開。」

「之後呢？」

「之後，」我說：「你跟我在一起，到我辦公室看看。」

「又怎麼樣？」

「我們聊天。」

「之後呢？」

「也許我們出去走走。」

「我喜歡。」

「韋君來為什麼僱用你？」

「我從來不問問題。人家出錢，叫我做什麼，我就做什麼。」

「韋君來要什麼？」我追問。

「他要一個太太。」

「為什麼？」

「我沒有問他。我想是他第一位太太在懷疑——他說的已經離婚的事。我有個感覺，他是在等有人給他送達法院開庭傳票。我工作時從不問問題。有人付錢，我照他指示工作，如此而已。」

「所以你做他太太？」

「只是名義上的。」她笑著說：「演戲是演戲，唐諾。不過適可而止。我現在告訴你也好，這是這一行行規。」

「我不知道，這一行還有那麼許多規矩。」我告訴她。

她的笑聲使人不能完全明白意思，不過她說：「個人來說，我不太注重規矩，我是說表面上的規矩。」

「好了。」我告訴她：「既然你已經穿戴整齊，我想你可以行動了。」

她點點頭：「我連箱子都整好了。」

「目前不需要。」我告訴她：「你有車嗎？」

她搖搖頭。

「叫輛計程車。」我說：「去霜都路一六三八號，在院子裡混一下，要確定鄰居們看到你。始終用你現在身上的衣服。隨時準備在一分鐘之內離開。」

「我什麼時候離開呢？」

「我來帶你走。」

「那是什麼時候呢？」

「可能是在你到那裡半小時之內。」

「好，」她說：「我先告訴你，要是要做任何家務事，我要把這套衣服換下來。假如我能在衣櫃裡找到合適的衣服，就可以，找不到的話，反正這套衣服總是換下來的。穿著這套衣服，我是不做家事的。這是我的生財道具。」

「這次不要你真做家務，假裝一下，東摸西摸。萬一林太太過來借什麼東西，要和你聊天，就聊隨便什麼想起來的都可以，只是不要說一句實話。」

「那我最內行。」她告訴我：「我最喜歡隨便謅點亂七八糟的事，來騙騙林太太這種長舌婦了。」

「不要吹過頭了。」我警告她。

「我不會的，放心。」她說，把手伸出來，手心向上。

「什麼？」我問。

「計程車錢。」

我笑笑，又在我的公款開支上挖了一個洞，於是我走出公寓給卜愛茜電話。

「愛茜，」我說：「你見過那個德州來的大個子，大下巴，叫高勞頓的傢伙，是嗎？」

「那天我看見他走出去，怎麼啦？」

「他在大德大飯店。」我說：「他開他自己帶來德州牌照的車子，找輛車子，去那飯店，等在那裡等他出來，見他出來就打電話到霜都路忽丁路交叉口的巨人加油站，電話簿上找得到它號碼。他一離開公寓，我立即要知道。」

「沒問題，還有什麼事嗎，唐諾？」

「就這樣。」我告訴她：「不過，萬一他離開飯店時，有了什麼閃失，你無法和我聯絡，你就找一輛計程車，答應他不計代價，打破一切記錄，用最快速度趕去霜都路一六三八號。那裡有個小女人，把她弄走，告訴她你是和我一起的，帶張公司名片去證明。」

「可以，唐諾。」她說：「我怎麼對白莎講？」

「告訴白莎你出去一下。」我說：「回去的時候，就沒關係了，可以講實話。」

「她會把整個辦公室吵翻的。」

「讓她去吵。」我說：「反正，你是為我在工作，走吧。」

「走了。」她說。

我開車來到巨人加油站，叫他們把油加滿，把機油和輪胎檢查一下，把水箱和電瓶看一看。我告訴他們我在等一個電話，所以要在這裡逗留一下，要是有電話找我請他們告訴我。

他們叫我不要客氣，我在自動販賣機買了飲料，等了一個小時，電話響了。是愛茜。

「哈囉，唐諾？」

「是的，是我。」

「他走了。」

「什麼時候？」

「大約兩分鐘之前。」

「你不知道他去哪裡？」

「不知道，他從電梯下來，經過大廳。他早已叫服務生把他車開到門口了，他爬上車就走。」

「他表情如何？」我問：「很興奮？」

「興奮？」她說：「當然，他走過大廳恨不得像飛一樣快，三步兩步上車像是去救火。」

「很好，愛茜，謝謝你。」我說。

「還要我做什麼事？」

「回辦公室。」我說：「儘可能容忍白莎一點，告訴白莎我馬上會回辦公室上班，告訴辦公室每一個人，我馬上回來，不論有什麼人打電話找我，都告訴他們我馬上回來。」

「這樣妥不妥，唐諾？」她問：「他們要送張傳票給你。」

「我知道，」我告訴她：「現在沒有關係了。」

「那就好。」她說：「我相信你自己知道在做什麼事。」

我掛上電話，開公司車去韋家。

我把車大模大樣停在他房子前，走上階梯，按門鈴。

冷芬達出來開門：「嗨。」她說。

「嗨！」我說：「我這裡有一種新發明的頭髮梳子，試試看，不好可以不買。」

「真的呀！」她說：「有沒有可以把鄰居一起梳掉的？」

「哪一種鄰居？」

「像林太太那種鄰居。」

「你和她聊天了？」

「大大的聊了一陣，她想詐我，有件事我要告訴你。」

「什麼？」

「我想馬上有人會來這裡了。」

「為什麼？」

「我敢發誓，我看得出有人出鈔票，叫她注意這裡，只要我一出現就打電話通知。唐諾，會不會是警察？」

「你怕呢？」我問。

「也不是十分怕。」她說：「我不在乎宣傳，但是我要避免聲名狼藉。仔細想想記者什麼都寫得出來：僱用紅髮美女，權充自己太太等等。」

「不要緊張。」我告訴她。

「我們現在做什麼？」

「準備好可以走了？」

「我到院子裡去的時候，把我好襪子脫掉了，院子裡有種小的硬草會使絲襪抽絲的。再說——」

「穿上它。」我說。

她穿上絲襪。

「腿真好看。」我說。

「謝謝，我也喜歡這雙腿，我們現在做什麼？」

「我們出去上車，在你上車之前，我要你表演有點猶豫，經過我說服才跟我走的樣子。」

「大模大樣？」

「大模大樣。」

「好的，」她說：「反正你是導演，我只是臨時演員。」

「鑰匙在身上？」

「是的。」

「好，」我說：「要把前門鎖上，我要林太太好好看一下，我們在一起。」

「不必擔心。」她說：「她已經好好看了我們不止一下了，那個女人絕不會錯過這裡什麼行動，她也知道幾公里內每一個鄰居的行動。」

「好吧，我們走。」

我們把前門鎖上，她跟我走向汽車，在進車之前，我轉向她開始說話，搖動著手好像向她一直在解釋。

「你為什麼那麼固執呢？」我對她說：「不要以為這是世界末日來到，你給我一兩百萬元又有什麼關係呢？」

她猶豫地說：「你一定要這樣想的話，唐諾。我還是認為對你這種人，一毛不拔的為妙。」

「我現在覺得不給就不給。」

她笑笑說：「唐諾，好玩，現在做什麼？」

「現在和我親近一點。」我說。

她向我的身邊一靠，頭髮飄到我面頰上，我感到她體溫的熱力。

「那樣太親近了。」我說。

「喔。」她說，又離開了一點：「我聽你說要親近一點。」

「我是說過，可是不能那麼親近。」

「那你應該說靠近一點，不是親近一點。」

「好，我說錯，應該說靠近一點。」

「好，現在我靠近點了，但不是親近，又該如何？」

「現在，」我說：「我們進車去，該走了。」

「走吧。」她說。

我把她開車送到我們辦公室，我們走進去，白莎的門大聲打開，她止要講話，突然看到和我在一起的冷芬達，立即停下來。

我身後的門打開，一個小個子男人溜進門來，他一口氣說：「賴唐諾先生，請你向這裡看一下。」

我轉身，他把一些文件向我手中一塞，說道：「韋先生控告柯賴二氏，這是控訴狀和法院開庭的傳票，一份是給你本人的，一份是給柯賴二氏中你的一份，再見。」

他轉身溜出去，一如他溜進來那麼快。

白莎對著冷芬達從頭看到腳尖。芬達只是好奇、冷靜地看著白莎。

「他奶奶的。」白莎喉嚨裡咕嚕著。

我揚一揚眉毛。

「你想幹的話，」白莎說：「你幹得很徹底，是嗎？唐諾。」

「你說什麼？」我問。

白莎轉身，走進她私人辦公室，一下把門關上。

我把冷芬達帶進我自己的辦公室，把她介紹給卜愛茜，說道：「愛茜，能不能暫時把她藏起來一下？」

這次輪到愛茜把她從頭到腳冷靜地看了一個夠，好像一個買主在牛棚看他想買的牡牛。

「可以，交給我。」卜愛茜說。

我走去白莎的辦公室。

「哪裡找到她的？」白莎問。

「我把她租來的。」我說。

「租來的？」她問。

我點點頭。

「用什麼租？」

「用錢租呀。」

「你付錢給她？」白莎問。

我點點頭。

白莎的脾氣很明顯又來了，「總有一天，」她說：「我要用這把裁紙刀把你喉嚨從這邊耳朵割到那邊耳朵。賴唐諾，你什麼意思把她租來的？」

「我把她租來的。」

「用我們公款？」

我點點頭。

白莎說：「你真叫我生氣，你沒有必要租什麼女人，讓她們看看你，她們就會跟你走的。我不知道你是怎麼弄的，照我看起來，你只是個小不點。即使我年輕個三十歲，要想找男朋友，也絕對不會多看你一眼。不過今天的女孩子都沒有眼光，你也真會收集這些跟著你不放的女人。現在你又帶這個女人回來，說是租來的？」

「這是一個特別的女人呀。」我說。

「怎樣特別法？」

「這個女人可以把高勞頓帶回到我們辦公室來。」

「你瘋啦？」白莎說：「送他一百萬，姓高的也不會再上門，到我們辦公室來，他今天一早還給過我電話。」

「他想要什麼？」

「發洩點感情，觸觸我們楣頭。」白莎說：「他說知道有的人和我們一樣方法做生意，他說你想叫他多付不該付的錢，他說他要讓你受點教訓，做人不可以這樣做，他說你實在笨得要死。他告訴我，我也不聰明。」

「你告訴他什麼？」

白莎說：「我告訴他的才多！我等著他停下來吸口氣，而後就輪到我上場了。我告訴他什麼？你真該聽聽，老天！」

「很好！」我說。

「這有什麼好？」

「他再來的時候，你可以叫他在地上爬。」我告訴她。

白莎說：「唐諾，你這種胡說八道，我已經聽夠了。高勞頓要是肯友善地回到這個辦公室來，我柯白莎願意親手剝一顆花生米，把它放地上，用我鼻子把它從這裡滾到——」

「滾到哪裡？」我問。

白莎突然變得小心了。「不行，」她說：「我以前看過你從帽子裡變出過兔子來，我不用鼻子滾花生米了。但是我——我可以——去他的！我滾花生米！你不知道情況的真相，你不知道我在電話裡對他講了些什麼話。」

「好，你記住，」我說：「是你自己說要用鼻子滾花生米的。」

「我沒有說滾到哪裡。」

「那是滾到哪裡？」我問。

「從這裡一直滾到──從這裡一直滾到──」

「說呀。」我催著她。

「從這裡一直滾到這渾帳辦公室的大門口。」白莎說：「用我的鼻尖來滾！」

「算數，」我告訴她：「我現在要回一下自己的辦公室，你不要離開。」

「我曾經警告過你，門口有人鬼鬼崇崇想要給你送達開庭傳票。」白莎說：「現在怎麼辦？」

「別怕，」我告訴她：「坐著不要蠢動就可以了。」

「你能這樣想，我就好過多了，那個紅頭髮，你花了多少錢租來的？」

「不必想她，」我告訴她：「多想想高勞頓來的時候，你準備說些什麼。」

我走回自己辦公室，留下白莎一個人全身激盪著好奇心，只是她自尊心太強，不好意思開口問。

我不去理會冷芬達，自顧口述了幾份報告，而後電話響了。

我拿起電話，是白莎的聲音，她把感情抑制著說：「唐諾，你能到我這裡來一下嗎？」

「馬上來。」我告訴她。我走過接連我辦公室和接待室的我的私人接待室，向我私人秘書卜愛茜眨個眼，穿過接待室，經過白莎的接待室，走進白莎的辦公室。我一直未有時間向讀者表白一下，我們的辦公室曾一再擴大，工作人員也一再增多。

高勞頓，滿臉帶著假笑，向我伸出一隻火腿似的手。「唐諾，」他說：「我以前不該發脾氣，我太笨了，沒有禮貌。現在想想不好意思，我是來道歉的，我剛才對柯太太說，我這件事處理得不像是個紳士，我太小氣了，當初你定一千元錢的時候，我應該給你那一千元的。我現在來道歉，而且表達心情。這裡是一張八百五十元的支票，補足你要的一千元訂金。我仍要你們公司替我做事，為我找到韋太太。萬一在找她的過程中，再多花了一兩百元，沒有人會計較。你不必擔心，你說要花就花好了，我對你有絕對的信任。」

「謝謝。」我告訴他。

他把一張八百五十元的支票推向我。

我把支票推了回去。

「唐諾，不可以這樣，不要難過。我錯了！我來這裡像個男人向你道歉。我也已經向柯太太道過歉了。」

我說：「不是這樣，實在是時間已經不同了。」

「唐諾，」高說：「我是個生意人，我相信實惠，我不喜歡空談。」

我坐在那裡不聲不響，仔細地看著他。白莎則在仔細地看著我，好像貓在看老鼠。

「這是張給你們合夥公司八百五十元的支票。」高先生繼續道：「我要你們替我去找韋太太，另外我願意給你們一點獎金，假如你們能夠在二十四小時內找到她，我的獎金是兩千元。四十八小時之內找到，獎金減為一千。七十二小時之內找到，獎金就只有五百元了。七十二小時之後就沒有獎金了。」

「你到底在搞什麼鬼？」我問。

他把頭向後一抑，大笑道：「唐諾，你人雖小，可卻是個撲克能手！不過你千萬別以為我姓高的好欺騙，我承認你玩得很聰明，我讓你在這上面弄點錢，但是不必再和我玩花樣。我個人知道，你一個小時之內可以把韋太太請出來見我，我現在說的只不過讓你早點結束遊戲而已。」

「訂張協定。」我說。

「我說的就算。」高先生生氣地說。

「我對你說的一點不擔心，我擔心的是你的記性。」

「你聽著，」他生氣地說：「這件事裡誰都不要欺騙誰，我知道韋君來結過一次婚，他也許離婚了，也許沒有。我不要你玩什麼花樣，拿出一個女的來說這是他以前的太太，而且是唯一合法的韋太太。我要找的韋太太，娘家姓名叫亦鳳，馬亦鳳。」

「這就是為什麼我要叫你訂張協定的原因。」我說：「我不要你事後說大家有誤解，我要你把你要的白紙黑字寫在紙上。」

「好吧！」他說：「柯太太，有紙嗎？」

白莎給他兩張紙，他拿出鋼筆。

「外間有的是打字機和秘書小姐。」我說。

「我不要打字機，我喜歡每個字都是我自己寫的。」

「那就寫吧。」

他臉上生氣發紅，坐在那裡很快地寫了幾分鐘，咬了咬筆桿，又寫了幾個字。

白莎試著和我交換眼神，我始終看著窗外。

「好了，這是寫給你們兩個人的，」高說：「我來唸給你們聽。『致柯賴二氏：茲付上支票八百五十元，本人目的要你們找到韋馬亦鳳。亦鳳可能沒有合法和韋君來結婚，但和韋君來同居，形同夫婦。假如貴社二十四小時內找到亦鳳，本人另付獎金兩千元。假如二十四小時內未找到，而於四十八小時內找到，獎金為一千元。假如四十八小時內未找到，而於七十二小時內找到，獎金為五百元。本人另付每天一百元之內的必要開支，這種開支以五百元總數為限。』」

高勞頓向我們看著說：「如何？」

「『找到』這兩個字什麼意思？」我問：「假如我看到她在巴林，我告訴你她在巴林，又假如你遲遲才去看她，不是省了兩千元。」

「不論什麼時候，你告訴我她在哪裡，告訴我的時候就算，怎麼樣？」

「寫下來。」我說。

「我說了，你懂了，是君子協定。」

我指指筆：「寫下來。」

他氣得發抖，寫下：「什麼時間只要通知到亦鳳在哪裡，任務即算完成。」

「把日期、時間寫上。」我說。

他把日期時間寫上。

「簽字。」

他簽字。

我把筆拿過，在末尾寫：「本協定被接受，本協定為完整之協定。」我簽了名。寫上賴唐諾代柯賴二氏私家偵探社接受。

我把這張紙交給柯白莎。「收起來。」我說。

他把支票交給白莎，站起來，走向門口，轉向，好像他要向我說什麼，又改變主意，離開辦公室，牛皮靴子在地毯上重重的踩過。

「他奶奶的！」白莎說：「你怎麼會有這個本領，實在不是我想得到的。唐諾，現在我們做什麼？」

我拿起電話要個外線，撥電話到兇殺組，找到宓善樓。「你說過要我救你離開這個尷尬場面，你也真希望我能拉你一把，是嗎？」我問宓善樓。

「是的，小不點兒，這次又有什麼了？」

「你還記得霜都路一六三八號，在洗盤子的漂亮妞嗎？」

「當然！」

「她現在在我們辦公室裡。」我告訴他：「她有點話想告訴你，你聽了會高興死的。」

「把她弄到這裡來。」

「不可以，」我告訴他：「不要忘了新聞記者。」

「唐諾，我跟著你瞎扯蛋，亂起鬨太多次了，我是吃公家飯的，不能像你一樣。」

「我正要揭露一件大事，你想要居功，你就早點過來。否則，報館記者會怎麼說，你是知道的。而且這件案子我也請了別的單位幫忙，他們要搶功，我也沒辦法。可惜你忙了半天，功虧一簣。」

他想了幾秒鐘：「我馬上過來。」

「可以，」我告訴他：「把你的老虎車油加飽。」

第十五章　兩小時四十五分鐘

宓善樓懷疑、憤恨，但非常小心。他又怕屍體發現時，兇案偵破，他不在場，而由別的單位在主持。

「請坐，善樓。」我告訴他：「放輕鬆點，不要——」

善樓把兩隻腳分開站著，用舌頭把濕兮兮沒有火的雪茄菸頭換到嘴巴的另一側，說道：「去他的這一套！我還能輕鬆得起來？現在開始講。」

白莎說：「善樓，別那麼——」

他伸手阻止她說下去。「讓小不點來開口。」宓善樓說：「我要聽聽這個聰明鬼，叫我跑來跑去有什麼解釋。」

我說：「韋君來和他太太搬到霜都路來之前，住在巴林。」

「怎麼樣？」他問。

我說：「我去了幾次巴林，也和鄰居談過。正對韋家臥房窗口的鄰居告訴我一些有趣的事。」

「什麼？」

「吵架聲音，一下打擊聲音，然後完全沒有聲音，姓韋的在肩上扛了件東西，放進汽車，出去，三小時後回來，上床。第二天，沒有太太蹤跡，說是她訪親去了。」

「哪有這種事！」善樓說。

我點點頭，但停止說話，他站在那裡猛用腦筋。

「奇怪……」他說：「又不是橡皮圖章，蓋了一次又一次，為什麼要這樣做呢？」

「照你想呢？」我問。

「想不出來。」

我說：「要不要再和霜都路見過的紅頭髮小妮子聊聊？」

他點點頭。

我走出去，把芬達帶了進來。她看看柯白莎，看看宓善樓警官，又看看我說：「正好湊一桌麻將？」

「四重唱，」善樓說：「由你先唱。」

「我來帶個頭。」我說。

「帶個屁頭！」善樓說：「我要聽她說些什麼。」

「去你的！善樓。」我告訴他：「我和白莎的時間只有二十四小時。我們二十四小時內必須破案，否則損失兩千元。你先聽我的，之後你再發你的問。」

我根本不等他的允許，立即開始簡要的述說來龍去脈，簡單的從高勞頓來我們辦公室，說到他最後一次進來出去，把他簽字的協定拿給善樓看。唯一沒有說的是我去過薩克拉曼多，以及我和董露西之間的約定。

宓善樓突然轉向，面對著坐在姓高的才離開椅子中的冷芬達。

「你搞什麼鬼？」他問。

「我不搞鬼，我是個模特兒，是個臨時演員，什麼人都可以租我演任何角色。」

「像什麼角色呢？」

我說：「議會開會的時候，她是接待員，在薩克拉曼多，加州州議會大廳工作。只有休會的時候她來洛城，做模特兒，做臨時演員。」

「我懂了，我懂了。」善樓說。又把她從頭到腳地看著。

她給他一個安撫的微笑，扭一下坐姿，把兩腳交叉。

善樓說：「現在談的是公事，要用嘴來講，不必用大腿。」

「你要知道什麼？」

善樓說：「這種事不可能從地裡突然冒出來，你一定以前就認識姓韋的。」

「不，我以前不認識他。」她說：「我可以告訴你實情，警官。天知道我說的都是實話！對我來說，這不過是另外一件臨時工作。他打電話給介紹所，介紹所——」

善樓說：「小心我揍你這說謊的小嘴，姓韋的不會坦白地把這種事告訴陌生人，他本來就認識你。」

她搖搖頭。

「不要對我說謊！」善樓說：「這兩個傢伙會告訴你，我說話算話。你告訴我老實話，我會放你一馬，你要對我說謊，我會使你在本市沒有飯吃，事實上，我會使你在其他城市也找不到飯吃。」

她想著他說的話。

「把裙子拉下去一點。」善樓說。

她把裙襬拉到膝蓋以下。

「講吧！」

她深深吸口氣。「是的，」她說：「我……我以前見過他。」

「這才像話，你怎麼認識他的？」

「他是介紹所的股東之一。」

「你說你是在為他工作？」

「可以這樣講。駱華克是經理，但是韋君來有股份。我不知道他有多少股份，只知道他不時的發命令，也——」

「也不時的和你一起玩遊戲？」善樓問。

她看向他說：「是的。」

「這樣真的像話多了。」善樓告訴她：「現在開始給我說，在巴林——他做些什麼？」

「他打電話給駱華克，叫駱華克找到我，要我打電話給他。」

「你打電話給他了？」

「打了。」

「之後呢？」

「之後，他告訴我要怎麼做。」

善樓走到窗口，從窗口向天井中望下去，把嘴裡咬過的半截雪茄，用力擲向院子。

他轉向我。

「好，聰明人，」他說：「我來問你一個問題，為什麼要來這裡再演一次？」

「你怎麼想呢？」我問。

「我不願意想，我要你替我來想。」

我說：「兩次的情況，都是兩小時四十五分鐘。」

「你——我懂了。」他說：「白莎，有圓規嗎？」

她打開抽屜，交給他一個二腳規。

「南加州地圖？」善樓說。

白莎又開一次抽屜，給他一張地圖。

「兩小時四十五分鐘來回，」善樓說：「用四十五分鐘處理埋屍。就是說一小時去，一小時回。在市區裡的一小時，平均應該只有四十哩。三十五至四十哩……現在我們來看，這傢伙住的是霜都路，在哪裡？好！大概在這裡。看看比例尺，我們來把二腳規定在四十哩。把一隻圓規腳放在霜都路，以四十哩為半徑，向巴林方向劃個半圓。再以巴林為圓心，向洛杉磯方向劃個半圓。有交叉點！老天，這聰明小子——是個狗屎！這兩個交叉點都在市中心，連隻貓也埋不掉！」

「當然。」我告訴他。

「你在說什麼？這本來是你的想法，是嗎？」

我搖搖頭：「是你的想法。」

「好，你有什麼想法？」

我說：「報館人員一來，韋君來知道有很多人會來找他太太，之後大家會提出各種問題。大家在巴林找她，只要一問鄰居，就知道有吵架，一聲打擊，他外出兩小時四十五分鐘，回來的時候就沒有太太了。所以他搬到霜都路，同時——」

「沒錯，老天！我也有了！」善樓打斷我的話，興奮地說：「唐諾，你真的有點鬼聰明。這次你手裡真有東西了。」

「幹一下？」

「我也這麼想，要不然怎麼敢打電話給你？」

我點點頭。

「需要什麼東西？」他問。

「手電筒。」我說。

「有。」

「鏟子。」

「有。」

「那還等什麼？」

「等個屁！」他說。

我對紅頭髮說：「你可以在這裡等，等——」

「誰說的！」善樓插嘴道：「她跟我們一起走，我才不會讓這小妮子打個電話，送張字條或是玩什麼花樣。走，妹子，你對我老實，我不叫你吃虧，你要對我玩一次變化球，我要你一輩子忘不了我宓善樓。」

「走吧，小不點。我們走。」

第十六章　黑暗的井底秘密

宓警官堅持在聖般納地諾停車。

「這裡還有些管轄方面的問題。」他說：「我需要一個司法官。你想會不會是鄰郡河濱郡的？」

「聖般納地諾郡。」我告訴他。

「我們至少需要一個副行政司法長官。管轄問題不能疏忽。」

他把車停好，走上法院的階梯，突然又回到車旁說：「小不點，這要是又是一次花槍——」

「老天！」我告訴他：「這種消息怎麼能保證呢？我等於是在給你秘密消息，不是嗎？」

他從口袋拿出一支雪茄，向自己嘴裡塞去，一面看著我，一面咬雪茄菸，突然一聲不響，回頭走上法院階梯。出來的時候，他帶了一位副行政司法長官。他都懶得替我們介紹。兩個公務員坐在前座，我就爬進後座和芬達坐一起。

她向我看一下，對我微笑一下，舒服地擠到我身邊。

我向她搖搖頭。

「假正經。」她說：「我一個人在後座寂寞太久了。」

善樓向後轉頭看看我們，微笑一下。

她知道前座兩個人都認為她是漂亮女人，她把嘴湊到我耳朵上說：「唐諾，你能使我的名字不上報嗎？」

我聳聳肩。

她向我靠近一點，「至少試一試。」她輕聲說，把嘴唇順勢在我面頰上擦一下，擠回車子的另一邊說：「老天，所有柳下惠今天都聚在一起開會呀！」

我們開車進入巴林，善樓說：「怎麼去以前韋家房子？」

我告訴他方向，他把車子停在屋外。

「哪一邊的鄰居，聽到那次騷動？」

我指指房子。

善樓轉向副司法官，抬起他眉毛，問詢著。

副司法官點點頭。

善樓說：「賴，你在這裡看住這妹子。聽著，千萬別耍花槍。我回來的時候，要她仍舊在這裡，而且不可以離開汽車一步，知道嗎？」

我點點頭。

兩個吃公家飯的走上鄰家屋子去。

冷芬達說：「唐諾，這兩個人可能對我很不利。只要一點點不確實的報導上報，我——」

「我不能保證不會，但是我會盡一切的能力。」

「唐諾，那邊加油站有洗手間，讓我去一下。」

我向她笑笑。

「你沒有權利阻止我。」

「千萬別讓我試。」我說：「和宓警官合作，他會網開一面，放你一馬的。」

「你想他會嗎？」

「假如你不再騙他。」

她一個人想著，我也讓她靜了一下。

「現在，」我告訴她：「你倒說說馬亦鳳看。」

「她是我們當中的一員。」她說。

「也是模特兒之一？」

她點點頭。

「姓韋的也是這樣認識她的？」

「不是，他早就認識她了。是他介紹她進這一行的。」

「之後呢？」

「之後他們同居了，他們始終沒有結婚。」

「又之後呢？」

「我想他們吵架了。她只是模特兒時，他們處得不錯，但是做家庭主婦，她不是那塊料。」

「芬達，馬亦鳳現在在哪裡？」

芬達快快地移轉她眼光。

「她去哪裡了？」

「我希望我知道。」

「你想她會去哪裡了？」

「我——唐諾，我不知道。」

「姓韋的怎麼告訴你的？」

「起先他什麼也不告訴我，他叫我來得很匆忙，他告訴我叫我假扮他太太。」

「有沒有說理由？」

「有。」

「怎麼說？」

「他說了很長、很長一個故事，有關一個墨西哥離婚的事。唐諾，他說他結過婚，這一點亦鳳早就告訴過我。他說他太太可惡，佔著茅坑不拉屎，不肯和他離婚，但也不肯回來和他住一起。他說她要挑撥他和他子女感情，使他子女不喜歡他。

「他把證件送到了墨西哥，獲得離婚。我知道這就是大家說的一分个值的紙上離婚。但是……我也想，至少比什麼都沒有好一點。」

「說下去，發生什麼了？」

「於是，他和亦鳳就同居了。」

「還沒有說到他為什麼要你假扮亦鳳。」

「他認為他第一個太太可能找他麻煩，我認為會有什麼公文會專人傳達給他及亦鳳。我以為他要我假扮亦鳳，於是公文會傳達給我，沒有傳達到亦鳳手裡。這樣，在時機到達的時候，他會說送達公事的人送錯了。」

「他是這樣告訴你的？」

「有這個意思，不是直接說的。」

「亦鳳去哪裡了呢？」

「他說她躲藏得很好，自己一點也不用擔心了。」

「你沒有問問題？」

「唐諾，你對韋君來知道得不多，靠他臉色吃飯的小姐不能隨便發問的。」

「你也是靠他臉色吃飯的？」

「要看怎麼說。是的，他是介紹所股東，他要是不高興，就不太好玩了。有一位小姐——反正最後結果相當不愉快。」

「結果怎麼樣？」

「她決定不再要介紹所牽制她，她自己獨立做生意，介紹所使她被警方逮捕，她沒逃得了。」

「逃什麼？」

「韋君來向風化組告密，被捕後又有毒品組在她公寓找到大麻菸，我清清楚楚知道她從不用這玩意兒。」

「但是，你怎會騙得過鄰居呢？」

「唐諾，你該知道，他們才剛剛遷入。他們來這裡不到一天，亦鳳實在還沒有真正見過鄰居。別人只是遠遠見過她，如此而已。亦鳳和我有很多相似的地方，兩個身材完全一樣，膚色也是同一類的，頭髮顏色一樣，我穿她衣服正好合身，她也可以穿我的。」

「所以我搬到這裡，假扮起他的太太來，立刻這件事又到報紙上去了。君來不知道怎麼辦才好，他打電話給亦鳳，亦鳳說就讓我偽裝下去。」

「他打電話給亦鳳了？」

她點點頭。

「你能確定？你聽到他們對話了？」

「是的。」

「你有沒有和亦鳳交談？」

「沒有，但是我聽到他和她交談。」

「那是哪一天？」

「那是我去扮他太太的第二天。」

「他們對話是用那房子裡的電話嗎？」

「是的。」

「對話情況怎麼樣？他們友善嗎？或是——」

「噢，很友善的。」

「那亦鳳現在在哪裡呢？」

「還是躲藏著呀。」

「你和姓韋的離開得很突然，是嗎？」

「是的。」

「為什麼？」

「他要把送達傳票的弄糊塗。」

「芬達。」我問她：「你真的相信這個故事嗎？」

「我……我在那個時候是相信的。」

「現在呢？」我問。

「現在我……我現在不知道。在我們一到霜都路，他趕我走，我又在報上看到他告發你和柯太太之後，我總覺得什麼地方有點不對勁，我認為這是一個大票的、有計劃的詐欺。」

「假如是的話？」

「那我就混在裡面了，而我就不喜歡自己混進這種事情裡去。」

我說：「芬達，看著我。」

她轉過身看著我，突然她很巧妙地把眼光變成很溫柔、熱情。「我很喜歡你，唐諾。」她說。

「你演員做久了，真是差不多做得十全十美了。」我告訴她：「今大不要再試鏡了，我們快沒有時間了，你有沒有想到過，她可能被殺死了？」

她畏縮了一下，有如我打了她一拳，她又避開我視線。

她沒有時間來回答我的問題，但我也並不需要她的回答。房子的門打開，善樓慢慢地向車子走來，他一下把車門打開。「出來一下。」他說。

「我？」芬達問，把眉筆畫過的眉毛誇張地揚起。

「你們兩個，一起。」善樓說。

我們跟在他後面向房子走去，他像這是自己家一樣，推門進去，嘴裡說道：

「進來。」

我們跟他進入客廳，鮑華其夫妻兩個不太自在地陪聖般納地諾副行政司法長官坐著。

「是這個女人嗎？」宓警官問。

「哈囉。」芬達高興地招呼著鮑先生、鮑太太。

「是，是，就是她！」美黛說。

「要仔細看一看。」善樓說。

「就是她。」

善樓轉向鮑華其。

鮑華其鄭重確定地點點頭。

善樓兩眉蹙在一起，自口袋拿出支雪茄，向嘴裡一塞，狠狠地一口咬下說：

「看，這又是你做的好事，小不點。」

我什麼也沒有說。

善樓和那副行政司法長官交換眼神。善樓突然轉身說：「好了，我們要問你們兩位的都問過了，謝謝你們。」他用頭急急向我們一甩，說道：「走吧。」

我們走回到車裡。

善樓粗暴地發動車子，加油，馬上來了一個迴轉。

「我們現在去哪裡，善樓？」我問。

「你想我會去哪裡？我要把這位副司法官送回聖般納地諾，然後我自己回家，下次你再神經發作要找我，我——」

「你現在要是繼續向這個方向開車，將來人家要笑死的不單是你，而且是整個警察人員，轉回來向沙漠開去還有救。」

「為什麼？」他問。

「你想呢？」我問他。

他又向前開了兩分鐘，車速慢下來。他把車拉到路肩，回頭看向我，咬著雪茄，用微弱的光線觀察我的臉色。

聖般納地諾郡副行政司法長官保持雙目直視。他擺明態度不喜歡我，也不喜歡我的主意。

我對善樓說：「你已經投資那麼多時間下去了。再花一個半小時，對你沒有太多區別。」

善樓把這句話想了一想，他對副司法官問道：「你怎麼說，吉利？」

「我一點都不相信。」吉利說。

善樓發動車子，突然第二次迴轉。他自肩部稍稍轉頭向我說：「這次我上當就上當到底，小不點。不是因為我相信你了。而是為了不給你留下口舌，到頭來免不了還要再來一次。這樣一來，至少你是死了心了。」

汽車快速向前走，車裡只有敵意和不信任。

冷芬達想用她天賦異稟的性感聲音，沖淡一下大家的緊張情勢。她說：「我們什麼時候吃飯？」

「我們不吃飯。」善樓告訴她，把速度錶指針抖得更厲害。

在到達卡巴拉之前，我們開了車前燈。沙漠日落太美麗了。紅透了西面的太陽，目的是要替聖加雪吐峰的白帽子上添一朵玫瑰。東面深紫色天空，可惜只我一個人在欣賞。宓善樓猩猩似的坐在前座，怎麼看都像有人欠了錢沒有還他，駕著警車在猛趕路。

「前面有個叉路，標示去二十九棕櫚樹。我們就從這裡轉進去。」我告訴善樓。

他沒有表示聽到我的話了，但是到了標示就轉向左，我們開始爬山進入摩洛各山谷，直達猶卡。

「前面一條下坡路左轉。」我告訴他：「慢慢開讓我認路。」

要在黑夜裡找那條小泥路真是件難事。我知道要是錯過了或找不到，那副司法官會以為我故意擺烏龍。善樓會相信他，不會相信我。

我集中全力注意交叉路，把我上臂靠在前座椅背上，把上身前傾，以便有更好的視野。

芬達把自己向我滑過來一點，抓住我右手，有時擠我一下，好像如此可以使自己安心一點，再得到些保障。

還算運氣好，雖是在黑夜，但我能記得上次走錯的叉路，不致走錯，而且能在車燈光下找到那條車轍很多、可上行到無人木屋的小道。

「在這裡轉彎。」我告訴善樓。

他把車轉進，車燈照到了斜倚在木屋上的門，和門上用帆布做的補釘。

「用車燈照亮屋子後面。」我告訴他：「照亮一堆小小的隆起就可以了——不是，太靠南了。退後一點再向北照一點。好！就是它！太靠前了，退一點點。可以了，我們出去。」

我從車裡出來，其他人都跟我離開汽車，我帶路走向木製的井蓋。

「先要把這個抬起來。」我說。

善樓一聲不吭彎下腰去，用他的大手抓住木板的一角，向上一抬，把木板向後面拉一點，又放回地上。

「小心別摔了下去。」我警告他。

善樓蹲在那裡，從打開的部分洞口，望向黑暗的井底，什麼也看不到。他說：「幫個忙，吉利。既然來了，我要把這件事弄弄清楚。」

我們把這塊蓋板完全扳離那個洞口。

「請你給我那把手電筒。」善樓說。

吉利把手電筒交給他，善樓問我：「你看到什麼？」

「我看到的就是你看到的呀。」我告訴他。

副司法官把身子蹲得很低，向下用力看，一面在想著，伸手下去試試木梯橫檔的堅固程度。

「我來下去。」他說。

「好，」善樓說：「在你的郡裡。」

副司法官小心地手腳並用，一寸一寸慢慢移動，每一步都先試木梯的承受量，把帽沿壓得很低，使上面的強光不照到他向下看的眼睛，善樓替他拿著手電筒向下照。

善樓向我說：「唐諾，我要你負責看管小姐。你給我緊緊看牢，溜掉要你負責。」

「你想我能做什麼？」冷芬達說：「逃進沙漠去？」

「怎麼不會？」善樓問。

我們看著副司法官一步一步向下爬，對木梯越來越有信心之後，速度也就越來越快。

他口袋裡也有一支小的手電筒。到了底下，我們可以看到他用手電筒四處照著。

「我要那把鏟子。」他向上叫著。

「來囉。」善樓說。

他把鏟子繫在一條輕便的童軍繩上，向下縋。

我們聽到吉利說：「好了。」

繩子空著被拉上來，聽到下面鐵鏟刮石頭的聲音，而後一陣靜寂，突然吉利叫道：「我要上來了，警官。」

「下面有什麼？」善樓叫道。

「上來告訴你。」吉利說。

警官握住手電筒。大家看到副司法官爬上來，善樓伸一隻手到他肋下，幫他爬出洞口。

「跟我來。」吉利對宓警官說。

兩個人走到我們聽不到他們說話的地方，停下來談了一分半鐘，善樓走了回來。

「吉利要留在這裡，」他說：「我們都回猶卡。」

「為什麼？」冷芬達說：「出了什麼事？」

「沒什麼。」善樓說，帶我們走向汽車。「我們三個都坐前座。」他說。突然他轉向我：「好，小不點，你贏了。」

他伸手握住我的手，握手時的熱誠，看得出內心的緊張已解除。

我們開車進了猶卡。入夜的猶卡街上根本沒有人，我們找到一個電話亭，宓警官打了兩通電話。

他打完電話，我告訴他我也想打兩個電話。

他沒有反對。

我打電話給幫過我忙，在巴林的記者。「你可以打電話叫聖般納地諾報館立即死盯行政司法長官辦公室。」我告訴他：「你自己立即到猶卡來，把眼睛放大，鼻子拉長點，一定有獨家新聞。」

「哪一方面的？」他問。

「會十分轟動的。」

「值得那麼晚跑一趟？」

「跑一百趟也划得來。」我告訴他：「不要忘了先打個電話，叫聖般納地諾報社死盯行政司法長官辦公室。」

我掛上電話，又接通大德大飯店。

高勞頓在他房裡，我說：「是賴唐諾。我找到韋太太了。」

「你在哪裡，賴？」他問。

「我目前在一個叫猶卡的地方。」

「你在那裡搞什麼鬼？」

「是找到的最近有電話的地方呀。」

「你說你找到韋太太了？」

「是的。」

「在哪裡？」

我說：「你應該知道福阿侖在猶卡西面有塊地吧？」

「知道又如何？」

「她在那裡。」

「在那鬼地方！」

「是的。」

「唐諾，你要知道，」高勞頓說：「我不是小孩子，從今天下午開始，這個女人就跟你在一起，什麼意思把她帶到那鬼地方，說你找到她了？」

「你到了這裡，我再告訴你不遲。」

「我反正今晚是不會開車走這條路的。」

「隨便你，」我告訴他：「我已盡我的責任，我已經告訴你她在哪裡了。」

「豈有此理！」他說：「我給你簽好那張字條後，本來在二十分鐘內你就可以把她帶到我旅社來的。你——」

「你要吵架嗎？」我問他：「還是你要看看韋太太？」

「我要見她。」

「那就到這裡來。」我告訴他，把電話掛了。

我走回車上，善樓和芬達正在講話。

「現在幹什麼？」我問。

「我們吃飯。」他說。

有家餐廳還有營業，我們用了他們還不錯的牛排和炸薯條，善樓喝了三杯咖啡，很少講話，冷芬達心裡很怕，不過猛向善樓上勁，看起來像在勾引一台冰箱。

我們開回那塊地產。善樓把車停住，關掉車頭燈，熄火，吉利用快沒電的手電筒照向我們走過來。

「一切都辦好了？」他問。

「辦好了。」善樓說：「你用車吧，可以去猶卡，吃點東西，最好多喝三杯咖啡，那些人到的時候，你可以帶他們來。」

吉利說：「好的，這渾帳手電筒快沒電了。」

「沒關係，在猶卡我又買了支手電筒，另外還買了電池。」

吉利拿了車鑰匙，開車離開。

我找到一棵枯死的約書亞棕櫚樹幹，又收集了些乾的山艾樹，起了個營火。

我們三個人坐在營火旁，是一個不大協調的組合，營火融融，照出明滅不定的影子，照著善樓石膏一樣的臉上，他深思著，一動不動，一聲不出，也照在稍稍躲後，滿面焦慮的冷芬達臉上，她無往不利的性感利器，今天可真踢到鐵板了。

她一再改變姿態，三個人各個佔營火為中心的一點，像是一個三角形，芬達利用她那一邊側向躺下，臉向著火，手肘支著沙漠地，頭靠著手掌，展示她的曲線，爭取同情。

善樓就是不看她。她又扭，又轉動，不時還看到一些絲襪以上的腿肉，每次她確定有人看到了可望而不可及的大腿後，她絕不忘記故意正經地把裙子向下拉一拉。

要不是今天場合特殊，否則真比營火熱得多。

她三番兩次哀憐地向我看看，我同情地向她笑笑，鼓勵她一下，但是沒有進一步表示，只有我一個人，大部分時間不在營火圈子裡，我忙著在撿草根作燃料。

星星在夜空穩定地閃亮，營火因為燃料不足，現在只能維持數尺之內是溫暖的，氣溫驟降的沙漠使我們感受得到寒氣正自四面迫進。

過了一陣之後，我們冷得坐不住了，必須站起來活動活動，開始的時候我們背向營火，然後面向營火，我不斷跑出去找更多可燒的東西。

沙漠之外來了車頭燈亮火，四輛車一條線接近，車子開上小丘，落下土坑，使車燈忽現忽滅，不過都在接近。

最前行的車開進了地產，是吉利駕宓警官的車在帶隊。來的都是這一行的老手，一盞聚光燈首先架起，是自帶發電機的，井口上馬上架起了三腳架，一組滑車固定到架上，再放上去的是樣子像船，前面有寬綑索的擔架。

我還是不停地在撿營火用燃料。

一輛新聞報導車快速跳動著開進來，一個照相師抱了架相機，自車上跳下，見了人和東西就一閃一閃地照，我在巴林見到的新聞同業走過來，和我握手。

有人已吊下井去，我們能聽到聲音和大聲的命令，不久滑車開始作用，大家在從井中拖東西上來。

一會兒，像船的擔架上來了，驗屍官蹲下，彎身檢查，有人拿來一條白被單。

我看看手錶，正好是午夜，整個現場作業井然有序，外人根本不知到底有多少事必須常規去做，但是這些老手不會漏掉一件，時間也在不知不覺中消耗。

我又看到一下閃光，遠遠的，是個車頭燈，落下土坑的時候完全看不見亮光，爬升起來時可以看到前進速度很快，是向這個方向來的另一輛車。

善樓說：「好了，小不點兒，這裡沒有我們的事了。」

「再等一下下，」我告訴他：「暫時別走，我要一個證人。」

「證明什麼？」他問我。

「證明馬上要發生的事。」我告訴他。

遠處的車快速地接近，當駕駛的人看到目標附近那麼多亮光、人影、騷動，他更猛力加油，拐進地產，引起一陣沙土自地上揚起，車子一下停住，車燈一熄，我看到高勞頓巨大的身軀自車中僵硬地爬出來。

我向前去迎接他。

「怎麼回事，賴？」他忿忿不平地問。

我說：「沒什麼，我找到了韋太太，如此而已。」

他向我身後過去，見到一堆人在整理繩索，拆除三腳架，然後他眼睛一亮，看到了冷芬達。

他邁開大步，走到她面前。

「呀，小姐，你好嗎？」他說：「我一看你就認識，我在報上見過你的照片。」

芬達終於找到了注意她存在的人了，焦慮的心情稍有寄託，微笑地說：「真的呀，太好了。」兩隻眼睛無邪地搧了兩下。

「高先生，你認錯人了。」我說。

「你什麼意思？」他自肩部回頭問我。

我說：「她不是韋太太，是冷芬達小姐。」

他四周看看，說道：「這裡只有一個女人呀。」

我指向白被單覆蓋的擔架。「不止一個，」我說：「這裡是馬亦鳳，有一段時間是韋太太。」

我走過去兩步，在任何人想到要阻止我之前，一下把白被單拉開。

井下乾燥寒冷的環境，使屍體腐化進行得極慢，即使如此，一絲不掛的屍體還是全身鼓脹了起來。高勞頓一眼看到死亡變形的臉部，掙扎兩步走到黑暗沙漠的一側，我們聽得到他強烈不適的聲音。

我讓他去嘔吐。

善樓走到我身旁，他問我：「韋君來哪裡去了？」

我把雙肩一聳，雙手向外一攤。

「過來。」

我跟他走向芬達。

「姓韋的在哪裡？」他問。

芬達搖搖頭。

「不要再向我搖頭。」善樓說：「我馬上可以把你關起來，而且不是違警名義，你是謀殺案幫兇，韋君來在哪裡？」

「我發誓，」她說：「我真的不知道，我只知道他是介紹所的一個股東，也許駱華克經理可能知道，我真的不知道。」

「最後見到他是哪一天？」

「兩……兩天之前，他告訴我該怎麼做，又給了我一把鑰匙。」

我告訴善樓：「我想我們有辦法找他。」

「什麼辦法？」

「來，」我告訴他：「我來告訴你。」

高勞頓正顛顛躓躓地走向他的汽車，我把善樓帶到他車旁，高勞頓打開車門，摸索進手套箱，拿出一小瓶酒，湊到嘴上，喝了一大口。

「你不必太急，明天到我辦公室來結帳好了。」我說。

他用手背把嘴擦一下，把瓶蓋轉回酒瓶，說道：「什麼帳？」

「給你找馬亦鳳呀。」

他看向我，好像我在他肚子上打了一拳似的。

「你這個大騙子，我又不能和死人做生意。」他叫道。

「依協定條件，你沒有要求一定要活的才算呀，是你要取笑我，我也告訴過你笑死算了，你笑你的，笑多久都可以，只是明天早上請你九點鐘，帶著支票簿，辦公室見。」

「我會帶我律師來的！」他咆哮道。

「要找好一點的。」我告訴他：「你會需要個好一點的。」

「你放心，」他說：「我會找個好一點的，再說，和我律師談過之後，你就知道，你不見得聰明了。」

「好了，小不點，我們走吧。」善樓說：「我們把那小妹子帶走，你可以將來再和他辯論。」

回程時，我們是先走的，善樓把車內暖氣開到最大，他說：「我連骨髓都結了冰了。」

「我們可以在巴林喝點咖啡。」我告訴他。

善樓點點頭，沒有開口。

芬達靠著我，把自己蜷曲起來，用手摸到我手，握住不放。

我們在巴林喝了咖啡，善樓說：「小不點兒，怎麼找韋君來？」

我看看芬達，搖搖頭。

「好，」善樓說：「我送你們回去。」

我們走到路邊，善樓把女郎讓進車裡，突然轉身向我，同時把車門推上。

「怎麼找韋君來，賴？」

我說：「他有一個牙醫生弟弟，名字叫韋嘉棟，韋君來經常會和他弟弟聯絡的。」

善樓看看我，笑容慢慢爬上他的臉。「我們還等什麼？」他說。

我們進入汽車，善樓把腳踏在油門上，讓速度錶指針保持在七十哩上。

「你會送我回家嗎？」冷芬達用她最誘人的聲音說。

「當然，當然，」善樓露齒笑道：「要看家在哪裡。」

她把公寓地址給了他。

「我還先要和幾個人談一談。」善樓說。

「不會是記者吧？」她問。

「老天，絕對不是，不是。」善樓告訴她說：「是個女人，一個非常好的女人。」

「叫什麼名字？」冷芬達問。

善樓說：「你只要叫她『牢頭姐』就可以了，不必稱名道姓客氣的。」

第十七章 押解犯人

韋嘉棟牙醫生住在一幢裝飾良好的小樓房裡，門前有一塊整潔的院子，事實上，所有這一區的居民，都住在裝飾很好的小樓房裡，門前都有個整潔的院子。

住在這一帶的人都有兩部汽車，他們重視社交活動，甚至肯犧牲部分家庭生活，主婦們寧可請臨時保姆，但絕不肯錯過舞會或聚會，男人們保持細腰及日曬的膚色，以便在高爾夫球場上炫燿，這是警察們很少光臨的一個區域。

善樓把車子停在韋醫生的樓房前，我們步上階梯，善樓用大姆指按在門鈴上，門裡面響起音樂鈴聲，善樓一次一次的按，所以裡面音樂聲就不斷地響著。

燈光自樓上房間亮起，一扇窗向上一推，一個男人聲音問：「誰呀？」

「警察。」善樓說。

「什麼事？」

「有話問你。」

「什麼問題呀？」

「要我這樣大聲問你嗎？」善樓問。

窗戶放下，樓梯上燈光自門廳透過前門的玻璃氣窗，腳步聲自樓上下來，門打開二吋，被門鏈拉住，門裡一個受驚的聲音說：「能給我看一下證件嗎？」

善樓自褲後袋拿出一個皮夾，打開了給他看警徽，又給他看服務證。

過了一下門鏈鬆下。

韋醫生是個窄肩、容易受驚的斯文人，看起來有胃潰瘍的樣子，他穿的是睡衣拖鞋。但是外面套的是浴袍。

「什麼事？」他問。

「你有個親戚，叫韋君來？」

「他是我哥哥。」

「他現在在哪裡？」

「我不知道。」

善樓把門一推，自顧走進去，我跟在他後面。

「開幾個燈吧。」善樓說。

韋醫生打開幾個燈，我們進他客廳。

「你們……」韋醫生清清喉嚨：「要不要來點酒？」

「我在工作。」善樓說：「你哥哥在哪裡？」

「我告訴過你我不知道，我會不時知道他在哪裡，但是目前我不知道他在哪裡。」

「最後聽到他的消息是什麼時候？」

「大概一禮拜之前。」

「那時他在哪裡？」

「他沒有說……要知道他有點家庭糾紛，他現在——希望避不見面。」

「知道怎樣能和他聯絡嗎？」

「他過一段時間就會打電話給我。」

「過多少時間？」

「有的時候一個月不知他消息，但有的時候每隔二三天，警官，他是我哥哥沒有錯，但是我們之間沒有親情，我覺得他對妻子及子女太卑鄙，他只在絕對需要的情況下，才供給他們一點生活費，他認為他太太不肯離婚是無理取鬧，不可理喻，我對這一點不同意他。」

「你找他的時候有辦法嗎？」善樓問。

「警官，我告訴過你，沒有辦法，他是因為——遺棄罪在通緝嗎？」

「謀殺罪在通緝。」善樓說。

「什麼！」

「我說過了，謀殺罪。」

「那不可能。」

善樓拿出一支雪茄，推進嘴裡。「隨便你。」他說：「你若想藏匿一個謀殺通緝犯，可能對你很糟——而我是可以使你更糟的人，你懂嗎？」

韋醫生點點頭。

「我再問你一次，他在哪裡？」

韋醫生搖搖他的頭。

我突然站起來。

善樓自肩部後望說：「小不點，有什麼不舒服嗎？」

「我有個想法。」我告訴他。

「等一下再說。」他告訴我。

「我要出去一下。」我說：「我認為有了個線索。」

善樓狠狠地瞪我一下，轉頭又面對韋醫生，但嘴裡說道：「賴，你給我乖乖留在裡面，不要亂動。」

「我告訴你，我有了一個線索。」我走出客廳。

一個穿長睡衣，罩了睡袍的女人，站在樓梯的中央，正在聽客廳中的動靜，我走上門廳時，她短短喊了一聲，一溜煙，儘快的跑回樓上。

我走向前門，把門打開，人沒出去，但又重重把門碰上，自己輕聲踮足退向放衣帽的壁櫃前，開門，把雨衣大衣推向一側，把雨傘靴子踢到更裡面，自己站進去，勉強把門拉回，但是留了一吋的縫，給自己呼吸，聽得到外面聲音。

我聽到善樓說：「我只要韋君來，我不喜歡兜圈子。」

「我沒有和你兜圈子，警官。」

「好，」善樓告訴他：「我現在回總局去，我認為你知情不報，協助通緝犯脫逃，我現在給你十五分鐘，希望你改變你的主意，十五分鐘後希望你打電話到總局，找兇殺組，就說你要找宓警官說話。」

我聽到宓警官把椅子推後的聲音，然後把他的大腳大聲走過客廳，走過門廳，經過我躲著的衣帽壁櫃，出門。我聽到他下階梯，發動車子，離開。

一個受驚的女人聲音說：「嘉棟，你一定要告訴他們。」

客廳裡沒有聲音，女的走下樓梯，我聽到撥電話聲，女人進了客廳。

「嘉棟，這件事不能開玩笑，我們擔不起的，再說這種事我們有責任——」

聽起來韋醫生電話打通了，我聽到他說：「君來，這次你是幹了什麼了？」

靜了一陣子，又是他聲音說：「警察剛來這裡找過你……不是，他們說不是為這事……是兇殺，他們說是謀殺罪……」又是一陣靜寂，之後韋醫生說：「我怕不能再保護你了，君來，我只給你二十四小時，最多了。」

他把電話掛上，我聽到他和他太太簡短地交換著意見，然後他們把樓下燈都關了，上樓。

我等了五分鐘，踮足走入黑暗的門廳，找到門上的防盜門鏈，把它放下，開門，溜出門去，把門拉上，快步走下階梯，經過草坪到人行道，快快走向街角，心中在想著這一帶要找計程車可是難事。

一輛車的車燈自另一街角照向我，車子很快沿著路邊過來，我回頭看這輛車，見到它正向我這方向靠近，在我面前停車，車門一開，善樓的聲音說：「進來，小不點兒。」

我爬進開著的車門。

「他做了點什麼？」善樓問。

「你早就知道我想做什麼？」驚訝的是我。

「是我讓你去做的，記得嗎？我不讓你走，你走得了？」

我無法回答這個問題。

「他打了電話嗎？」善樓問。

「他打了電話了。」我說。

善樓一帶煞車，在路中央迴轉，又開回韋醫生的樓房。

他又按門鈴。

韋醫生生氣的走下來。

「你們在知法玩法。」他說：「這——」

善樓跨上一步，一把抓住他的浴袍，把他向牆上一撞。

「告訴我，」善樓說：「我一走你就打的電話，是什麼號碼？」

「我沒有打什麼電話。」

善樓把這人拉離牆壁，把抓住他胸部的手緊一緊，又一下把他撞到牆上，整棟房子好像都在搖動。

「去穿點衣服。」他說：「你被逮捕了。」

「什麼罪名？」

「涉及殺人重案，謀殺案的事後共犯，去總局的路上，我還會想點罪名套你頭上，我先把你關起來。」

「我向你發誓，我沒有打電話，我——」

善樓向我看看。

「你說謊。」

他說：「沒有！我沒有，我——」

「你上樓的時候，把防盜門鏈掛上了，是嗎？」我問。

他用奇怪的表情向我看著說：「是的。」

樓上什麼地方一個小孩在哭。

「你這次下來開門的時候，門鏈不是拉開了的嗎？」我問他：「你想想就懂了。」

善樓用頭向樓上的方向示意：「你太太和你小孩看到明天報上你的照片，會有什麼感覺？你和你親哥哥因謀殺案被補，你的朋友怎麼想？你的病人，你的高爾夫球友，他們會怎樣想？」

浴袍中的韋醫生似乎縮小了一號。

「把衣服穿上。」善樓說。

「警官，我——我告訴，我——」

「把衣服穿上。」善樓說。

「我告訴你，你，我——」

「好，」善樓說：「就這樣跟我走。」開始把他向門口拖。

「不要，不要這樣，我穿。」

善樓跟他上樓，我聽到一個女人在啜泣，一個小孩在哭，然後善樓和韋醫生下樓。

「沒有逮捕狀，你怎麼可以這樣？」韋醫生說。

「我已經這樣了，是不是？」善樓說。

「你也逃不了的。」

「走著瞧！」善樓說，把他帶到人行道，丟進車裡。

警車開動，善樓經過坐在中間的韋醫生對我說：「唐諾，他是不是給哥哥打電話了？」

「是的，他打電話給他哥哥。」我說：「告訴君來他罩不住了，二十四小時後就不管了。」

「這樣就夠了。」善樓說：「有你這句話，我們可以送他去見陪審團了。」

我們又開了兩分鐘車，韋醫生垮了，給了我們一個地址。

善樓說：「也該是你學乖的時候了。」

善樓一腳把警用閃光燈開關踢上，我們在爭取時間，但是沒有使用警笛。

善樓是個沙場老將，這個領域之內的事，他沒有不知道的，在我們距離那地址一條街前，他關掉了閃光紅燈，甚至連汽車引擎也熄了火，我們把車貼近路邊滑行前進，善樓停車前沒有用腳煞車，而用手煞車把車停住，把車鑰匙取出，放入口袋，對韋醫生說：「這一類事情我從不大意，我也不喜歡使用槍械，我們一起去敲門，假如你哥哥問是什麼人，由你回答，只准告訴他是你，其他的不可以亂說，懂不懂？」

韋醫生點點頭。

「去吧。」善樓說。

我們進入公寓房子，爬二層樓梯，走下走道，停在一個房間門口，從門縫下面可以看到有燈光亮著。

有人在裡面快速地做事，我們可以聽到忙亂的腳步聲，門縫下的光線也看得到人跑來跑去的陰影。

善樓向韋醫生點點頭，韋醫生膽怯地敲門。

門內的一切行動立即停止。

善樓的聲音變得又尖又細，他說：「君來，是嘉棟。」

腳步聲走向門口。

「什麼人？」裡面男人聲音問。

「我是嘉棟，君來，快開門。」

門鎖自裡面打開，一個門閂也被拉開，門開始打開。善樓把肩頭靠向門上，用力向裡一撞。進門的時候，手槍已經在他手中了。

韋君來向善樓看了一眼，看了我一眼，又看到他弟弟臉上的表情。一句話不說，轉身面向牆壁，舉起雙手，輕按在牆上，把體重移一部分到雙手，兩腿分開，各向後退了一步，顯然他對警察搜身常規很有經驗。

善樓對我說：「小不點兒，清他一下。」

我從他左脅槍套裡拿出一支點三八左輪，又從他褲袋拿出一把彈簧刀。

「再清一下。」善樓說。

我又仔細地搜了一次。「沒有了。」我說：「什麼也沒了。」

「轉過來。」善樓對姓韋的說。韋君來轉過來。「你私闖民宅。你們迫害我——」他向我怒目而視，大聲道：「完全要由你負責！我明天就叫我律師提出控訴，我會另外要求十萬元賠償。」

「閉嘴！」善樓告訴他：「你明天是要見到你律師，不過他要在謀殺案裡代表你，你會因為謀殺同居人被起訴。」

韋君來大笑著。「原來如此，原來你也信了姓賴的這一套！」他說：「這個偵探流氓不過是想叫我撤銷告訴，如此而已。你自己見過我太太，而且——」

「沒錯，」善樓說：「我見過她了。」

「那不就結了？你怎麼能說我謀殺她了呢？」

「因為，」善樓說：「我看見她的時候，她是死透死透了的。她是在她舅舅遺贈那塊地的井底裡，她已經在裡面兩個星期了。」

「我們也找到冷芬達了，她已經供出你打電話給介紹所，請她立即來扮你太太。現在隨便你，你想招供，還是繼續虛張聲勢？」

韋君來在突然變大的衣服裡發抖，臉上佈滿驚慌的神色。

「冷血，蓄意，第一級謀殺。」善樓繼續：「沒有絲毫可以原諒的餘地，你用棒子把她頭骨打得凹了進去，你把她拖出去埋掉，找個人來冒充她，這樣你可以開溜。你搬到一個新地方，照樣再來一次，怕的是也許會有鄰居把這事說出來。你要造成假象，每次你和太太一吵架，你就抱條毯子出去睡在露天冷一冷。你甚至連在外面睡多久都算得差不多，你知道林太太會仔細觀察你。她的一切描述，加上賴的自動送上門來，給你一個機會，知道你只要一告柯和賴，大家會知道你那吵架後露天睡的習慣，以前的鄰居鮑家也會看報。他們慶幸自己沒有亂說，更相信你沒有殺人，更何況還可以敲賴先生一點竹槓。」

「走吧，不知你要不要戴帽子，我們要上車了，我想我要把你們親兄弟銬在一起。」

韋嘉棟說：「君來，告訴他，看上帝份上，告訴他。」

「告訴他什麼？」君來問。

「他說的是不是事實？」

韋君來吞了好幾下口水，說道：「不是，整個事件是個意外。嘉棟，我發誓。」

善樓正在把手銬拿出來，聽到他說是意外，把手在半空中停住。向我有意地看一眼，說道：「你說是意外？」

「她跌倒下去，頭碰到浴缸邊上。我真不相信這樣就會死，但是是個意外。」

「她怎麼會跌倒的呢？」善樓問。

韋君來舔舔嘴唇，還是說了：「我揍了她。」

「這才像話。」善樓說。

「有紙和筆嗎？」我問。

韋君來看看我，對我更是不高興。

「好主意，」善樓對他說：「先把一切寫下來再走。免得在路上你想起了什麼謊話，最後弄巧成拙。這樣對你會有很多好處。」

善樓用手抓住他衣領，把他轉過身來，塞在寫字桌子前的椅子裡。

「我不必寫什麼東西給你。」韋君來說：「我有我的權利，我知道我的權利是什麼。」

「當然，你有你的權利。」善樓說：「你有很多權利，你不必作對自己不利的證詞，你可以請律師幫你處理全部法律程序。你有權詰問所有證人，在沒有判定你有罪之前，誰也不能說你是有罪的。不過等你一切過程都經過之後，你就在囚犯的名單裡了。你最後還有一個權利，走進毒氣室之前，你尚有權必須有人給你唸死刑執行令狀，當然不要忘記執行的前夜你有權要求吃任何愛吃的東西。你——」

「閉嘴！」韋君來叫喊道。

「你要和我談權利，我在告訴你權利，所有權利我都知道。」

君來拉開一個抽屜，拿出一疊紙，開始在上面寫。他寫完後，善樓拿起那張紙，看一下，說道：「加上日期。」韋君來加上日期。

「你簽字作證人。」善樓告訴韋醫生。

韋醫生唸過內容，坐下來簽字做證人。他的手抖得厲害，簽出來的字變成很難認了。

「你也簽個字，小不點。」善樓對我說。

我簽字做個證人。

「好了，」善樓說：「我們走吧！韋醫生，你自己叫計程車回家，去看你太太孩子吧。回到家裡你應該自己喝一杯，你兩個孩子真不壞。」

善樓轉向我說：「他媽的我——總認為白莎老說你有腦筋是言過其實，不過今天晚上你真的幫了我不少忙。」

「不必客氣。」我告訴他。

他滿足地笑一笑，把雪茄從嘴裡換到另外一個方向。

「我當然不會客氣。」他說：「是我一個人偵破的兇殺案。你可以叫輛計程車回去，我當然是單槍匹馬押解犯人回去，才有意思。」

第十八章　鈾礦代理人

我走進去的時候，白莎正在拆閱信件。

「你有沒有做事呀，唐諾？」她問。

「我們賺了兩千元。」我告訴她。

「他付錢了嗎？」

「他會付的。」

「他現在在哪裡？」

「最後一次見到他時，他正在把晚飯吐出來。」

「唐諾，你在說什麼呀？」

「我在說我們的客戶高先生。」

「你自管走了，不理他？」

「當然。」

「在你找到韋太太之後？」

「嗯哼。」

「你是什麼意思？」

「我認為最後一次會談，應該三個人都在場。」

「為什麼？」

「我認為最後結帳，由你給他結好一點。」

「有理由嗎？」

「我比較心軟了一點。」

「這倒是真的。只要有人向你要，你連內褲都會送掉的。」

「不要離開，白莎。」我說：「姓高的會帶著龍捲風進來，他會很生氣，他會說我們騙了他，他會咬牙切齒。」

「我怎麼對付他？」

「向他要兩千元呀。」

「在這種情況下，會不會有困難呀？」

「要不要把合約撕掉了還給他？」我問。

「你說什麼？」白莎叫道：「我來向他要那兩千元！」

「我想你會的。」我告訴她。

「我怎麼要法？」

「他會全身冒火進來，」我說：「他——」

門砰然大開，有如龍捲風襲進辦公室。高勞頓大步進入房內；在他後面是一個矮個，大腹，禿頭，泡眼的男人，手裡提了一個手提箱。

「你們兩個騙子！」高大叫道：「老千，你們——」

「慢點！慢點！由我來辦。」矮胖子說。

高自制地停下，不可一世地站在那裡。

矮胖子對白莎說：「這位想必是柯太太？」

她點點頭。

他轉身向我：「賴先生囉？」我點點頭。矮胖子打開手提箱，用修過指甲的手取出兩張名片。他把一張交給白莎，一張交給我。

我看上面寫著：律師杜必豪。

「杜律師，你好。」我說，和他握手。

「本律師今天是為我當事人高先生，來拜訪你們。我要通知你們，你們所指的兩千元，不可能付給你們。」

「為什麼？」

「韋太太早已死了，我的當事人要的是一個礦權。這也是他找她的原因，我想你是知道的。」

「我怎麼會知道？」我問。

「你當然知道。」杜律師說：「我的當事人說，他第一次拜訪柯太太的時候，他告訴他了。合夥事業中有一個知道的事在法律上等於另一合夥人也知道了。你——」

我很驚訝地轉向白莎：「他聘請我們替他找韋太太的時候，曾經一再特定否認和礦權有關，不是嗎？」

「完全正確。」白莎說，她眼露怒火，頭髮有衝冠的樣子，她在等機會作長篇攻擊性論文。

杜律師轉向高勞頓：「你沒有做這種表示，是嗎？」

「沒有。」高勞頓說。

我露了下齒：「男子漢，大丈夫。一個德克薩斯州的紳士，不需要協定，你的話就算話。」

他在我蔑視的譏諷下，臉有點紅，但他在硬撐：「我從來沒向他們兩個騙子中，任何一個做過這種表示。我告訴柯太太，我的目的是為了找她談礦權。不信你問她！」

「你聽到他的要求了？」我問白莎。

白莎用一隻手，手心向我一攤。

「你是一個律師，」我向杜律師說：「兩方爭執，假如有一張白紙黑字的協定，應該完全依靠它做根據是嗎？一切在寫協定之前的言論，都不可用來藉故違約，是嗎？」

他很小心地用手摸著他的禿頭。

「既然如此，」我說下去：「你聽聽這個。」我把高勞頓寫給我們的紙條唸給他聽。

他轉向高勞頓：「你簽的字？」

「當然，我簽的字。」高勞頓說：「但是，那個時候我認為她是活著的。而且——」

「他們有沒有告訴你——她還活著？」杜律師問他。

「他們不必告訴我，他們知道我認為她還活著。賴昨天一早到韋家去，帶了那個我認為是韋太太的，坐他的車一起離開。我付錢給鄰居，林太太，要她注意韋家的動靜，而——」

「沒錯。」

「等一下，」杜律師問：「你說韋太太和這位賴先生一起開車離開？」

「但是她死了——」

「那個我認為是韋太太的。」高解釋著。

「你怎麼會這樣認為？」

「我——林太太告訴我她是。」

「林太太是偵探社僱員嗎？」

「老天！不是，絕對不是！」高說：「她是我的僱員！」

我向律師笑笑，他沒理我。

「柯太太或賴先生，兩個人中任何一人，有沒有在你簽這個東西之前，告訴你韋太太還活著？」

高說：「我不認為他們告訴過我，但是他們知道我在想什麼。」

「他們怎麼知道？」

「因為——管他呢！他們從我行為上猜想得到。」

「我們做偵探的沒學過通靈術。」我對律師說：「他要找韋太太，我們同意替他找韋太太。這是協定，是書面協定。」

杜律師想了一下，轉身向高勞頓，從便便大腹中嘆出一口無力的氣。他說：「簽張兩千元支票吧。」

高勞頓跳起來，氣得有點說不出話來，不過大家都看得出來，龍捲風即將在他透過一口氣後來臨，杜律師及時給他一個合適的警告，他坐下來掏支票簿。

「隨便什麼時候，你想討論這塊地產上的鈾礦。」我說：「找我就可以了。」

高勞頓的筆跌落在地上：「找你？」

我點點頭。

「什麼意思？」

我說：「馬亦鳳死在福阿侖之前大概二十四小時。有鈾礦地產的地契，依據阿侖舅舅遺囑，屬於住在薩克拉曼多的董露西。我有董露西的委託書，她授權我代理她做一切有關這塊土地的商業協定。」

高勞頓坐在那裡，用惶恐的神情看著我。

我站起來，經過他的面前，走出白莎辦公室，進我自己的辦公室，接薩克拉曼多長途電話。

我找到董露西。

「你要是想變成一個小富婆的話，」我告訴她：「你最好乘中午直達班機來洛杉磯，我在兩點二十五分會去機場接你。」

「唐諾，我這個小富婆的鈔票會從哪裡來呢？」

「我正在和人談生意，討論你的鈾礦。」

「我的鈾礦？」

「是的，」我告訴她：「你的鈾礦，我先要他們給你一筆訂金，你可以先有大筆進帳。然後要給你弄一個固定的月入，最後在所有純利中，你應該有一個百分比收益。」

「你開玩笑？」

「正正經經。」

「不管怎麼樣，我會乘這班飛機來，唐諾。」

「記住，我們有個飯約。」我告訴她。

「我同意。」她說。

門突然被大聲打開時，我正好把電話掛上。

忿忿不平的柯白莎站在門框裡。

「你什麼意思早不說話，晚不說話，偏偏要在客戶簽支票的時候說話？」她說。

「怎麼啦？」我問：「他又不簽了？」

「簽當然還是簽了，但是這是我做事的原則。當客戶在簽支票的時候，你不該動，也不該說話。你也知道我這原則，但是你故意精挑細選這個時候，一拳打在他兩眼之間，然後走出辦公室。」

「姓高的吃驚得目瞪口呆，他支票沒簽，恰把筆掉地上了。為這個我可以殺了你，唐諾。」

「他最後還是簽了支票了，是嗎？」

「他是簽了，而且變得多可愛！他至少花了三分鐘說你是個聰明的小魔鬼。他一直在說假如能和我們在生意上再合作，不知會有多愉快。他說他要帶我們出去吃中飯，他還在我辦公室等回音。」

我說：「告訴他我的工作安排得太緊了，沒有空了。白莎，我要去機場接一位薩克拉曼多來的朋友。」

「唐諾，禮拜五你就是在那裡吧？你又在那裡向那薩克拉曼多的女人亂拋媚眼，是嗎？」

「那是我第一次遇到董小姐，」我說：「豈能亂拋媚眼？」

白莎站著看向我：「高先生是位客戶，我們可能還要和他做生意，他現在手上又舉著和平橄欖葉，你該叫你那該死的女人自己乘計程車進城，高先生還在等你回音。」

「高先生，」我告訴她：「對我說過，這種樣子的偵探，人都會笑死。我告訴過他一次，叫他笑死算了，你可以再告訴他一次，這是我的回答。」

白莎的臉色轉成淺灰色，恨意充滿在臉上。

我站起來，從抽屜中拿出一個小紙包。銀色包裝紙，緞帶，蝴蝶結齊全。

「這是給你的一件禮品，白莎。」我說。

感激之情又改變了她的臉色和表情。她撕去包裝紙，打開裡面的首飾匣。一時她不懂裡面是什麼東西，我偷偷溜出去進了走道，我聽到她盛怒之下的可怕叫聲。

地上傳來砰砰的聲音，一定是白莎要踩爛放在首飾匣裡的兩顆花生米。

相關精彩內容請見《新編賈氏妙探之17 見不得人的隱私》

新編賈氏妙探之16 欺人太甚

作者：賈德諾
譯者：周辛南
發行人：陳曉林
出版所：風雲時代出版股份有限公司
地址：10576台北市民生東路五段178號7樓之3
電話：(02) 2756-0949
傳真：(02) 2765-3799
執行主編：劉宇青
美術設計：吳宗潔
業務總監：張瑋鳳

出版日期：2023年7月 新修版一刷
版權授權：周辛南
ISBN：978-626-7303-09-2

風雲書網：http://www.eastbooks.com.tw
官方部落格：http://eastbooks.pixnet.net/blog
Facebook：http://www.facebook.com/h7560949
E-mail：h7560949@ms15.hinet.net
劃撥帳號：12043291
戶名：風雲時代出版股份有限公司

風雲發行所：33373桃園市龜山區公西村2鄰復興街304巷96號
電話：(03) 318-1378
傳真：(03) 318-1378
法律顧問：永然法律事務所 李永然律師
北辰著作權事務所 蕭雄淋律師

行政院新聞局局版台業字第3595號 營利事業統一編號22759935

定價：299元

國家圖書館出版品預行編目資料

新編賈氏妙探. 16, 欺人太甚 / 賈德諾(Erle Stanley Gardner)著；周辛南譯. -- 臺北市：風雲時代出版股份有限公司, 2023.05　面；　公分
譯自：You can die laughing
ISBN 978-626-7303-09-2（平裝）

874.57　　112002531